GEHEIME MISSION

Hans J. König

Illustrations by
Joseph R. Bergeron

EMC Corporation
Saint Paul, Minnesota

Library of Congress Cataloging in Publication Data

König, Hans J.
    Geheime Mission.

    A German reader "for the second year high school or second
semester college student."
    SUMMARY: A German language textbook giving twenty-five
episodes of mystery and intrigue dealing with gangsters attempting to
steal a secret formula.
    1. German language — Readers.
  ┌1. German language — Readers┐   I. Bergeron, Joseph R.,
  └ill.   II. Title
PF3117.K6247   438'.6'421   75-2362
ISBN 0-88436-181-0

Published 1975
Published by EMC/Paradigm Publishing
875 Montreal Way, Saint Paul, Minnesota 55102

800-328-1452
www.emcp.com
E-mail: educate@emcp.com

Printed inthe United States of America
19 18 17 16 15 14 13 12 11

Table of Contents

Introduction

Geheime Mission is a suspense thriller that weaves a fine web of mystery and intrigue through the 25 continuous episodes. The program is intended for the second year high school or second semester college student. With the accompanying book, seven recordings (tapes or cassettes) and a comprehensive Teacher's Guide, the program will help the student to improve his ability to speak German and to understand it when spoken naturally by German people.

Geheime Mission covers progressively the most common patterns of speech in everyday German. Each episode contains, besides highly motivational subject matter, useful vocabulary and conversational exchanges.

The *book* begins with a general introduction followed by the text of each episode along with the corresponding questions. Numerous illustrations help convey the particular highlight of each episode. At the end of the book is the vocabulary section listing all the words used in the episodes.

The *tapes* and *cassettes* contain dramatic reproductions of all 25 episodes, recorded by professional German actors. Background and special effects create a realistic atmosphere for the student's listening and reading pleasure. Finally, listening comprehension tests for each episode have been recorded to measure the student's understanding of the recorded sections.

This series is designed so that the student can learn and improve his German in an entertaining way and, at the same time, achieve reasonable fluency, a good pronunciation and the confidence to use his German in conversation.

1 Die Drohung aus Wien

Dr. Brunner:	Hoffentlich habe ich genug Kleingeld. Ja hier; drei, vier, fünf Markstücke, drei Fünfzig-Pfennig-Stücke, fünf Groschen. Das muß reichen. . . Wien Vorwahl 0043 222 . . . 2 37 45 09.
Frauenstimme:	Meyer Kosmetik; guten Tag.
Dr. Brunner:	Hier Dr. Brunner. Ist Herr Hauser im Büro?
Frauenstimme:	Moment, bitte. Ich versuche ihn zu erreichen. Hören Sie? Es tut mir leid. Herr Hauser ist in einer Konferenz.
Dr. Brunner:	Es ist sehr dringend. Sagen Sie ihm, München ist am Telefon.
Frauenstimme:	Einen Moment. Ich versuche es noch einmal.
Franz Hauser:	Sie wissen genau, Brunner, daß Sie nicht hier im Büro anrufen sollen. Was ist los?
Brunner:	Es ist sehr dringend. Sie haben mich in die richtige Firma geschmuggelt.
Hauser:	Was meinen Sie damit?
Brunner:	Novena Kosmetik hat das neue Produkt. Das gibt eine Revolution in der Industrie.
Hauser:	Was sagen Sie da?
Brunner:	Ja, der Chef, Dr. Kneibel, hat es selbst heute morgen gesagt. Er sagte: „In zwei Wochen ist das neue Produkt auf dem Markt. Das wird eine Bombe."
Hauser:	Wovon reden Sie, Brunner? Was für ein Produkt ist das? Ein Puder, ein Parfüm, eine Creme?
Brunner:	Ich weiß es nicht. Ich wollte die Formel kopieren; aber sie ist im Safe. Und den Schlüssel zum Panzerschrank hat der Chef.
Hauser:	Mir ist es gleich, wie Sie es machen, Brunner. Ich will wissen was es ist. Ich will die Formel haben. So schnell wie möglich.
Brunner:	Ja, ich weiß nicht, ob . . .
Hauser:	Keine Diskussion, Brunner! Die Formel! Sie haben eine Woche. In einer Woche sind Sie in Wien. Mit der Formel. Und versuchen Sie keine faulen Tricks. Sie entkommen mir nicht. Ich habe meine Leute in München.
Brunner:	Aber ich . . . Wenn das nur gut geht . . . Schon fast 13 Uhr. Schnell ins Büro zurück.

Fragen

1. In welcher Stadt lebt Dr. Brunner?
2. Welche Münzen braucht man für das Telefon?
3. Wer meldet sich zuerst am Telefon in Wien?
4. Warum kann Dr. Brunner nicht sofort mit Herrn Hauser sprechen?
5. Was für ein Produkt bringt die Firma in München auf den Markt?
6. Wann soll Dr. Brunner die Formel nach Wien bringen?
7. Was geschieht, wenn Dr. Brunner die Formel nicht nach Wien bringt?

2 Romantische Einladung

Elke	Novena Kosmetik; Vorzimmer Direktor Kneibel; guten Tag...
Meierhöfer:	Es tut mir leid; ich kann nichts darüber sagen... In etwa zwei Wochen... Nein, Herr Dr. Kneibel wird eine Pressekonferenz abhalten... Natürlich werden Sie eingeladen. Ich rufe Sie Dienstag oder Mittwoch an... Nichts zu danken. Auf Wiederhören.
Dr. Kneibel:	Na, viel zu tun, Fräulein Meierhöfer?
Elke:	Ja, Herr Direktor. Die Presse hat irgendwie Wind bekommen von unserer neuen Sache. Das war wieder ein Reporter; diesmal von der *Süddeutschen Zeitung*.
Dr. Kneibel:	Naja, in zwei Wochen ist alles vorbei. Die Reporter bekommen ihre Sensation; die Konkurrenz wird ihr blaues Wunder erleben, und die Frauen werden noch schöner sein.
Elke:	Das wird wie eine Bombe einschlagen.
Dr. Kneibel:	Besonders Meyer Kosmetik in Wien wird vor Zorn rot werden. Die Gesichter möchte ich sehen.
Elke:	Diesmal haben die nichts erfahren. Das wird eine Überraschung.
Dr. Kneibel:	Und es muß ein Geheimnis bleiben. Hier sind die geheimen Dokumente über das neue Produkt. Schließen Sie das gleich in den Safe ein.
Elke:	Ja, natürlich. In unserem Panzerschrank sind die Sachen bombensicher. Hat sonst noch jemand die Formeln?
Dr. Kneibel:	Nein, es existiert nur ein einziges Dokument. In diesem Umschlag liegt das Schicksal unserer Firma.
Elke:	So, das ist erledigt.
Dr. Kneibel:	Danke, Fräulein Meierhöfer. Ich gehe heute einmal etwas früher nach Hause. Bitte schreiben Sie noch die zwei Briefe für mich.
Elke:	Geht in Ordnung. Ich lege Ihnen die Briefe auf den Schreibtisch.
Dr. Kneibel:	Gut. Auf Wiedersehen und einen schönen Abend.
Elke:	Danke. Auf Wiedersehen, Herr Direktor.
Dr. Brunner:	Grüß Gott, Fräulein Meierhöfer.
Elke:	Guten Tag, Herr Dr. Brunner. Der Chef ist schon nach Hause gegangen. Was kann ich für Sie tun?

Dr. Brunner:	Ach, es war nichts Wichtiges. Ich komme morgen wieder.
Elke:	Gut. Sagen Sie, Herr Doktor, haben Sie sich gut eingelebt in München? Sie sind doch erst seit vier Wochen hier.
Dr. Brunner:	Ja. München ist wirklich eine wunderbare Stadt, und ich fühle mich sehr wohl hier.
Elke:	Haben Sie manchmal Heimweh nach Wien?
Dr. Brunner:	Manchmal schon. Die Münchner sind sehr nett. Aber ich bin eben doch sehr einsam hier als Junggeselle.
Elke:	Das tut mir leid. Gehen Sie doch einmal aus. Ein Mann wie Sie findet doch leicht nette Freunde.
Dr. Brunner:	Ach, ich weiß nicht. Ich bin immer so scheu. Die hübschen Mädchen haben immer schon einen Freund, oder sie sehen mich nicht an.
Elke:	Aber Herr Doktor, Sie sind ein so berühmter Chemiker und Sie haben so einen charmanten Wiener Akzent. Alle Mädchen mögen einen interessanten Mann wie Sie.
Dr. Brunner:	Na, da will ich einmal sehen, ob Sie recht haben. Ich habe Sie schon lange bewundert. Sie sind hübsch, intelligent und charmant. Finden Sie mich interessant?
Elke:	Ja, sicher, das habe ich doch gesagt.
Dr. Brunner:	Gut, Fräulein Meierhöfer — oder darf ich *Fräulein Elke* sagen?— haben Sie für heute abend schon etwas vor? Darf ich Sie zum Essen einladen?
Elke:	Ja, ich weiß nicht. So habe ich das doch nicht gemeint.
Dr. Brunner:	Ach so, entschuldigen Sie; sicherlich haben Sie einen Freund. Oder vielleicht sind Sie sogar verlobt? Die wirklich hübschen Mädchen sind eben immer schon vergeben.
Elke:	Nein, Herr Doktor, das ist es nicht. Es ist nur, weil . . .
Dr. Brunner:	Naja, schon gut. Ihre Theorie vom charmanten Wiener und interessanten Chemiker, das ist eben nur eine Theorie; und in der Praxis bin ich heute abend wieder einsam und allein.
Elke:	Aber nein, Sie haben mich mißverstanden. Natürlich nehme ich Ihre Einladung an.
Dr. Brunner:	Großartig. Aber Moment mal — Sie akzeptieren meine Einladung sicherlich nur, weil Sie beweisen wollen, daß Ihre Theorie stimmt?
Elke:	Nein, falsch getippt.
Dr. Brunner:	Mmh, dann also, weil Sie mich interessant finden?
Elke:	Na, Sie sind aber ganz schön eingebildet. Wieder falsch!
Dr. Brunner:	Also, warum gehen Sie dann mit mir aus?

Elke:	Sehr einfach, Herr Doktor: weil ich Hunger habe.
Dr. Brunner:	Ich habe das Gefühl, daß wir schon gute Freunde sind. Also, ich hole Sie dann um halb sieben ab.
Elke:	Sagen wir sieben Uhr?
Dr. Brunner:	Die Frauen müssen doch immer das letzte Wort haben. Wo wohnen Sie denn?
Elke:	Ich wohne Lilienstraße 26; das ist nicht weit vom Deutschen Museum und nur fünf Minuten von der U-Bahn Haltestelle.
Dr. Brunner:	Das Deutsche Museum kenne ich. Ich werde Sie bestimmt finden.
Elke:	Wohin wollen wir denn heute abend gehen?
Dr. Brunner:	Aha, ich wußte es: alle kleinen Mädchen sind neugierig. Aber das wird eine Überraschung.
Elke:	Wie aufregend. Ich liebe Geheimnisse!
Dr. Brunner:	Großartig! Bis heute abend dann.
Elke:	Gut. Ich freue mich schon darauf. . . Ein charmanter Mann.

Fragen

1. Wann wird Dr. Kneibel eine Pressekonferenz abhalten?
2. Was wird wie eine Bombe einschlagen?
3. Worin liegt das Schicksal der Firma Novena?
4. Was macht Fräulein Meierhöfer mit den Briefen, die sie schreibt?
5. Wie findet Dr. Brunner das Leben in München?
6. Warum nimmt Elke Meierhöfer die Einladung von Dr. Brunner an?
7. Wo wohnt Fräulein Meierhöfer?

3 Der abgeblitzte Freund

Elke: Der ganze Briefkasten voll und nichts Interessantes dabei; nur Rechnungen und Reklame. Das war wieder ein langer Tag. Wie spät ist es denn? Zehn vor sieben schon. Da muß ich mich beeilen. Gleich kommt Dr. Brunner. Das ist sicher ... Elke Meierhöfer!

Kurt Zöllner: Guten Abend, Elke. Du, ich muß unbedingt mit dir sprechen.

Elke: Ich habe leider sehr wenig Zeit. Ruf doch die Tänzerin aus dem Nachtklub an; die hat sicher Zeit für dich.

Kurt: Elke, ich muß dir das erklären. Es ist alles nur ein großes Mißverständnis.

Elke: Das glaube ich nicht, Kurt; ich verstehe die Sache sehr gut. Du gehst mit dieser Blondine aus, die in einer Bar singt und tanzt.

Kurt: Ja, aber nur weil ...

Elke: Du rufst mich an und sagst, du mußt für deine Zeitung arbeiten. Und dann sitzt du den ganzen Abend in dem Nachtklub und starrst diese Sexbombe an.

Kurt: Elke, ich wollte doch nur ...

Elke: Du mußt ja wissen, was du willst. Aber *ich* will nicht mehr. Ich habe die Nase voll. Ich will dich nie wieder sehen!

Kurt: Elke, du bist wirklich unfair. Geh heute abend mit mir aus. Ich werde dir alles erklären. Ich liebe dich doch!

Elke: Es tut mir leid; ich kann dir nicht mehr glauben. Und außerdem kann ich heute abend nicht. Ich habe nämlich schon eine Einladung. Und nun muß ich mich beeilen.

Kurt: Aber Elke ...

Elke: Auf Wiederhören! So eine Frechheit. Zwei Jahre gehen wir schon zusammen. Dann fängt er eine Affäre mit diesem Barmädchen an. Der glaubt wohl, ich bin naiv. Nein, Herr Zöllner, da haben Sie falsch kalkuliert. Heiraten wollte er mich. Ha! Der will wohl einen Harem haben ... Wo ist denn meine Handtasche? Ach hier.

Elke: Da ist er! Ah, guten Abend, Herr Dr. Brunner. Sie sind ja pünktlich wie die Bundesbahn. Und das als Österreicher?

Dr. Brunner:	Hmh, die alten deutschen Vorurteile. Auch ein Österreicher kann pünktlich sein, wenn er will. Es kommt nur darauf an, wo er hingeht.
Elke:	Und wenn Sie zu mir kommen, dann kommen Sie pünktlich?
Dr. Brunner:	Natürlich nicht. Ein Österreicher ist pünktlich, wenn er Hunger hat und essen gehen will.
Elke:	Ach so . . .
Dr. Brunner:	Aber das ist doch nur Spaß. Natürlich lasse ich ein so hübsches Mädchen wie Sie nicht warten. Und hier sind ein paar Blumen für Sie.
Elke:	Oh, die schönen Rosen. Sie sind wirklich ein Kavalier. Vielen Dank. Die müssen gleich in die Vase. Kommen Sie bitte herein.
Dr. Brunner:	Danke. Das ist wirklich eine nette Wohnung. Sie haben einen guten Geschmack, Fräulein Elke!
Elke:	Oh, wirklich? Sie sind sehr aufmerksam, Herr Doktor. Wollen Sie Ihren Mantel ablegen? Ich bin gleich fertig.
Dr. Brunner:	Nein, danke; am besten gehen wir bald. Ich habe nämlich für acht Uhr einen Tisch für uns reservieren lassen.
Elke:	Sie sind wirklich hungrig. Wo gehen wir denn hin? Sie waren heute nachmittag so geheimnisvoll.
Dr. Brunner:	Ich habe den *Weinstadl* für uns ausgesucht; das ist ein Weinrestaurant, nicht weit vom Rathaus.
Elke:	Der *Weinstadl*? Da bin ich noch nie gewesen.
Dr. Brunner:	Hoffentlich sind Sie nicht enttäuscht. Vielleicht gehen Sie lieber in ein Restaurant wie den Augustinerkeller oder den Spatenhof, das den großen Bierbrauereien gehört.
Elke:	Nein, gar nicht. Wissen Sie, das ist vielleicht komisch. Ich bin hier in der Bierstadt München geboren. Aber ich trinke lieber Wein als Bier.
Dr. Brunner:	Da muß ich als Wiener zustimmen. Wir haben eben den gleichen guten Geschmack. Aber wir müssen jetzt wirklich gehen.
Elke:	Gut, ich bin fertig. Fahren wir mit dem Auto oder nehmen wir die U-Bahn?
Dr. Brunner:	Ich möchte nicht mit meinem Wagen fahren. Die deutsche Polizei ist sehr streng, und wenn man Bier oder Wein trinkt, dann soll man nicht mit dem Auto fahren.
Elke:	Sie sind ein kluger Mann. Gehen wir also.
Dr. Brunner:	Ich habe Hunger. Wir nehmen jetzt ein Taxi und fahren mit der U-Bahn zurück. Auf zum *Weinstadl*!

Fragen

1. Was für Post hat Elke bekommen?
2. Warum ruft Kurt Zöllner bei Elke an?
3. Warum ist Elke eifersüchtig?
4. Was für ein Vorurteil haben die Deutschen gegenüber den Österreichern?
5. Was bringt Dr. Brunner mit, als er Elke zu Hause abholt?
6. Warum will Dr. Brunner seinen Mantel nicht ausziehen?
7. Was für ein Restaurant ist der *Weinstadl*?

4 Im Weinstadl

Dr. Brunner:	Wir sind da; dies ist das Restaurant *Weinstadl*, und hier ist die Tür.
Oberkellner:	Guten Abend, meine Herrschaften. Haben Sie einen Tisch bestellt?
Dr. Brunner:	Ja, einen Tisch für zwei Personen — auf den Namen Brunner.
Oberkellner:	Moment, bitte . . . . Richtig, hier ist es. Herr Doktor Brunner. Darf ich Ihnen den Tisch zeigen. Bitte, kommen Sie mit mir. So, hier haben wir einen Tisch in einer Nische. Ist Ihnen das recht?
Dr. Brunner:	Sehr schön; vielen Dank.
Oberkellner:	Darf ich Ihnen mit dem Mantel helfen, gnädige Frau?
Dr. Brunner:	Danke, das mache ich selbst. Fräulein Elke, möchten Sie hier sitzen? Dann können Sie den Zitherspieler sehen.
Elke:	Ja, danke schön. Es ist hier alles so vornehm und elegant.
Dr. Brunner:	Das sieht nur so aus. Es ist wirklich sehr gemütlich hier. Aha, da kommt schon der Ober.
Kellner:	Guten Abend, meine Herrschaften. Darf ich Ihnen die Speisekarte bringen?
Dr. Brunner:	Ja, und bringen Sie uns bitte auch die Weinkarte.
Kellner:	Ja gerne. Einen Moment bitte.
Elke:	Haben Sie gehört, wie der Oberkellner *Gnädige Frau* zu mir gesagt hat? Er denkt wir sind verheiratet.
Dr. Brunner:	Na, das ist ein Kompliment für mich; denn die schönsten Mädchen heiraten doch immer zuerst.
Kellner:	So, hier ist die Speisekarte und dies ist die Weinkarte.
Dr. Brunner:	Was ist denn heute abend besonders gut?
Kellner:	Bei uns ist natürlich immer alles besonders gut. Aber ich muß sagen, die Kalbshaxe ist heute ein Gedicht. Aber, bitte, sehen Sie sich die Speisekarte gut an.
Dr. Brunner:	Danke, Herr Ober. Fräulein Elke, worauf haben Sie denn heute Appetit? Fleisch, Fisch, Geflügel?
Elke:	Ich möchte gerne die Speisekarte sehen. Wenn man Hunger hat, dann ist eine Speisekarte die beste Literatur.
Dr. Brunner:	Hier sind die Suppen und Vorspeisen. Ist eine bayerische Spezialität dabei?

Elke:	Oh ja. Sie müssen unbedingt eine Leberknödelsuppe probieren.
Dr. Brunner:	Was ist denn das?
Elke:	Das ist eine Fleischboullion mit einem Kloß, der hauptsächlich aus Leber gemacht wird.
Dr. Brunner:	Wissen Sie was, Fräulein Elke: suchen Sie doch für uns ein gutes bayerisches Essen aus, und ich wähle dann den passenden Wein dazu.
Elke:	Das ist ein guter Vorschlag. Also, wir essen zuerst eine Leberknödelsuppe, dann essen Sie eine Schweinshaxe und ich eine Kalbshaxe mit Kartoffeln, Sauerkraut und bayerischem Mostrich.
Dr. Brunner:	Bayerischer Mostrich — ist das auch eine Spezialität?
Elke:	Ja, natürlich. Das ist der süße Senf, den man löffelweise essen kann.
Dr. Brunner:	Ja, und dazu trinken wir einen guten Weißwein. Hier ist die Weinkarte. Ah, hier sind die deutschen Weißweine. Am besten einen Mosel. Ah, dieser hier ist gut: ein 1973'er *Zeller Schwarze Katz.* Herr Ober!
Kellner:	Sie möchten bestellen?
Dr. Brunner:	Ja. Bitte, bringen Sie uns zwei Leberknödelsuppen, dann für die Dame eine Kalbshaxe, und ich esse eine Schweinshaxe — beide mit Kartoffeln, Sauerkraut und bayerischem Senf.
Kellner:	Gut. Und was möchten Sie dazu trinken?
Dr. Brunner:	Bitte bringen Sie uns eine Flasche Nummer 73.
Kellner:	Aha, den 73'er *Schwarze Katz.* Ein besonders guter Jahrgang.
Dr. Brunner:	Herr Ober, bitte bringen Sie uns den Wein gleich, und — nicht zu kühl, bitte!
Kellner:	Selbstverständlich, mein Herr.
Elke:	Das ist wirklich ein wunderschönes Restaurant. Die schweren Holzmöbel, die Kerzen auf den Tischen, die Zithermusik, die alten Gewölbe und separaten Räume. Das bringt einen in eine so romantische Stimmung.
Dr. Brunner:	Ja, ich habe das gleiche Gefühl. Und hier kommt unser Wein.
Kellner:	Ist der Wein in Ordnung?
Dr. Brunner:	Ja, er hat gerade die richtige Temperatur.
Kellner:	So, bitte schön. Zum Wohl!
Dr. Brunner:	Danke. Ein romantischer Abend beim Wein — und wir sind immer noch so förmlich. Fräulein Elke, wollen wir nicht *Du* zueinander sagen?

Elke:	Ich kenne Sie ja erst seit vier Wochen; aber ich habe das Gefühl, daß wir schon gute Freunde sind. Sie wissen ja, ich heiße Elke.
Dr. Brunner:	Fein, Elke, und ich heiße Xaver. Auf gute Freundschaft, Elke! Prost, Du!
Elke:	Prost, Xaver! Ein wunderbarer Abend, Xaver!
Xaver:	Und das ist nur der Anfang... Aber hier kommt unser Essen.
Kellner:	Ich wünsche einen guten Appetit, meine Herrschaften!
Xaver:	Guten Appetit, Elke!
Elke:	Danke, gleichfalls, Xaver!

Fragen

1. Wo steht der Tisch, an dem Elke und Dr. Brunner sitzen?
2. Wie redet der Kellner Elke an?
3. Welches Gericht ist heute besonders gut im *Weinstadl*?
4. Was ist eine *Leberknödelsuppe*?
5. Wie schmeckt bayerischer Senf?
6. Was ist in der Flasche Nummer 73?
7. Wie lange kennt Elke Herrn Dr. Brunner schon?
8. Wie heißt Dr. Brunner mit Vornamen?
9. Was sagt man in Deutschland bevor man mit dem Essen beginnt?

5 Xavers Geheimnis

Elke: Also, so gut habe ich lange nicht gegessen. Die Kalbshaxe war ein Gedicht!

Xaver: Das freut mich, daß es dir geschmeckt hat.

Elke: Wie war denn deine Schweinshaxe, Xaver?

Xaver: Phantastisch! Innen zart und saftig, außen knusprig — eine bessere Schweinshaxe als hier in München findet man in der ganzen Welt nicht.

Elke: Und bist du auch satt geworden?

Xaver: Und ob! Ich kann keine Briefmarke mehr ablecken. Aber du möchtest sicher einen Nachtisch, Elke. Wie ist es mit einem Eisbecher, Kompott oder Obst?

Elke: Nein danke, Xaver. Ich bin wirklich satt. Und außerdem will ich auf meine schlanke Linie achten.

Xaver: Na, wegen deiner Figur brauchst du dir wirklich keine Sorgen zu machen. Du siehst doch blendend aus.

Elke: Jetzt machst du mir schon wieder Komplimente.

Xaver: Nein, gar nicht. Ich sage nur die Wahrheit. Und einem hübschen Mädchen kann man leicht die Wahrheit sagen.

Elke: Jetzt werde ich aber doch verlegen.

Xaver: Kein Grund, Elke. Ich spreche ja als Kosmetikspezialist und Chemiker.

Elke: Ach so, ich bin also nur ein interessanter Fall, kosmetisches Studienmaterial für den Wissenschaftler Dr. Brunner...

Xaver: Aber Elke, wie kannst du so schlecht von mir denken?

Elke: Ich habe das natürlich nicht ernst gemeint, Xaver.

Xaver: Naja, aber zum Teil hast du auch recht, Elke. Meine Wissenschaft ist sehr wichtig für mich, und Chemie ist interessant wie ein Kriminalroman. Man weiß nie, wie ein Experiment endet und ob man Erfolg hat.

Elke: Ja, und wenn der Erfolg da ist, dann fängt der Kriminalroman überhaupt erst an.

Xaver: Jaja, die Konkurrenz ist wach und neugierig. Experimente kosten viel Geld, und Spionage lohnt sich da schon.

Elke: Das kann man wohl sagen. Mit allen Methoden versuchen die anderen Kosmetikfirmen herauszufinden, ob man etwas Neues auf den Markt bringt und was es ist.

Xaver: Naja, bevor man nicht weiß, was es ist, kann man ja auch kein eigenes Produkt herausbringen.

Elke:	Na klar. Und dann hat eine Firma den Markt für sich — jedenfalls für eine ganze Weile — und verdient viel Geld.
Xaver:	Da kann man froh sein, wenn man für eine so gute Firma wie Novena arbeitet, wie wir. Übrigens, wir kommen doch bald mit einem neuen Produkt auf den Markt, nicht wahr?
Elke:	Naja, . . . also . . .mmh . . . eigentlich ist das ja ein Geheimnis. Aber die Presse hat sogar schon Wind bekommen von der Sache. Heute rief ein Reporter von der *Süddeutschen* an.
Xaver:	Na, nächste Woche weiß ich alles über das mysteriöse neue Produkt.
Elke:	Das glaube ich nicht. Direktor Kneibel sagte, daß das neue Produkt erst in zwei Wochen auf den Markt kommt. Er will dann eine Pressekonferenz abhalten.
Xaver:	Oh, das habe ich dir noch gar nicht gesagt. Naja, eigentlich soll ich ja mit niemandem darüber sprechen.
Elke:	Das klingt ja auch wie ein Geheimnis.
Xaver:	Das ist es auch eigentlich. Hmmm . . . Sag mal, Elke, kannst du schweigen?
Elke:	Wie ein Grab.
Xaver:	Versprich mir, daß du mit niemandem darüber sprichst.
Elke:	Großes Ehrenwort!
Xaver:	Also, Direktor Kneibel hat mir gesagt, daß ich zu der Forschungsgruppe komme, die an dem neuen Produkt arbeitet.
Elke:	So? Wann denn?
Xaver:	Wahrscheinlich in der nächsten Woche.
Elke:	Na, herzlichen Glückwunsch, Xaver. Das ist aber eine Ehre. Das ist der beste Job in der ganzen Firma. Es ist nur ungewöhnlich . . .
Xaver:	Was ist ungewöhnlich?
Elke:	Mmmh, wie soll ich das sagen. Also, Xaver, du bist erst vier Wochen in der Firma.
Xaver:	Das stimmt.
Elke:	Und du kommst aus Österreich.
Xaver:	Genauso wie Adolf Hitler, Mozart und Ferdinand Porsche.
Elke:	Du hast aber auch für alles eine Antwort.
Xaver:	Also, was ist ungewöhnlich?
Elke:	Naja, die Herren in der Forschungsgruppe sind alle schon seit Jahren in unserer Firma, und die meisten haben hier bei Novena angefangen. Und in Österreich sitzt der schärfste Konkurrent der Firma.
Xaver:	Richtig. Und das ist auch der Grund, weil Direktor Kneibel mich haben wollte.

Elke:	Also, das verstehe ich nicht.
Xaver:	Ganz einfach. Ich bin jung und kenne die neuesten Methoden von der Universität. Und weil ich aus Österreich komme, weiß ich besser, wie die Konkurrenz arbeitet. Na, was sagst du nun?
Elke:	Oh, ich finde das ist eine gute Idee von Direktor Kneibel. Aber ungewöhnlich ist es eben doch.
Xaver:	Das Neue ist immer ungewöhnlich. Deshalb muß es aber nicht schlecht sein. Du bist auch ungewöhnlich, Elke, ein ungewöhnlich nettes Mädchen sogar.
Elke:	Ach, jetzt machst du mir wieder Komplimente, Xaver. Ich bin doch nur eine ganz gewöhnliche Sekretärin.
Xaver:	Jetzt bist du aber wirklich zu bescheiden. Du sitzt schließlich auf den geheimsten Dokumenten der Firma.
Elke:	Darauf zu sitzen, das ist kein Kunststück. Sie zu produzieren ist schon schwerer. Na, bald produzierst du auch Geheimnisse.
Xaver:	Sag mal, Elke, um was geht es denn eigentlich bei diesem neuen Produkt. Was ist es denn? Ein Puder, Make-up, Lidschatten oder was?
Elke:	Aber Xaver; hier im öffentlichen Lokal dürfen wir ganz bestimmt nicht darüber sprechen. Und außerdem ist das ja ein Geheimnis. Ganz ehrlich: was es nun ist, das weiß ich selbst nicht.
Xaver:	Unsere Weinflasche ist leer; wollen wir noch eine trinken?
Elke:	Ach, lieber nicht. Morgen müssen wir früh aufstehen. Machen wir lieber noch einen schönen Spaziergang nach Hause.
Xaver:	Gut. Du bist doch ein vernünftiges Mädchen. Herr Ober!
Kellner:	Ja bitte, mein Herr.
Xaver:	Ich möchte zahlen, bitte.
Kellner:	Hier ist Ihre Rechnung, Herr Doktor. DM 31,60 bitte.
Xaver:	Ist das mit Bedienung und Mehrwertsteuer?
Kellner:	Jawohl, alles dabei.
Xaver:	Hier, bitte schön. Geben Sie mir auf 35 heraus.
Kellner:	Vielen Dank. 15 Mark zurück.
Kellner:	So, meine Herrschaften, hier sind die Mäntel. Darf ich Ihnen helfen?
Xaver:	Vielen Dank. Ich mache das schon selbst.
Kellner:	Guten Abend.
Xaver:	Hier geht's zum Rathaus. Und dort nehmen wir die U-Bahn.
Elke:	Was für ein wunderschöner, warmer Abend.

Fragen

1. Warum will Elke keinen Nachtisch bestellen?
2. Warum vergleicht Xaver die Chemie mit einem Kriminalroman?
3. Warum hat ein Reporter von der *Süddeutschen Zeitung* heute bei Novena angerufen?
4. Was ist Xavers Geheimnis?
5. Warum ist es ungewöhnlich, daß Xaver in die Forschungsgruppe kommt?
6. Worin besteht Dr. Kneibels gute Idee?
7. Was für ein kosmetischer Artikel ist das neue Produkt?
8. Mit was für einem Geldschein bezahlt Xaver im Restaurant?
9. Wie ist das Wetter an diesem Abend?

6 Xavers Plan

Elke:	Das da vorne auf der rechten Seite ist das neue Rathaus, und da hinten links siehst du die Türme der Frauenkirche.
Xaver:	Alles ist so schön beleuchtet. Und dazu die wunderbare Sommernacht und der Mondschein.
Elke:	Ja, Xaver, München ist eine wunderschöne Stadt.
Xaver:	München erinnert mich an Wien. Da gibt es auch die interessante Mischung von alten Häusern und modernen Gebäuden.
Elke:	Die Städte sind ja auch ungefähr gleich alt, nicht wahr?
Xaver:	Ja, das ist richtig. Aber einen großen Unterschied gibt es doch.
Elke:	So?
Xaver:	Ja. München ist eine Bierstadt und Wien ist eine Weinstadt.
Elke:	Und beide sind Großstädte.
Xaver:	Ja, aber Wien ist viel größer, und außerdem ist es die Hauptstadt von Österreich.
Elke:	Das stimmt. München ist zwar nicht die offizielle Hauptstadt der Bundesrepublik; aber viele Leute nennen München die heimliche Hauptstadt Deutschlands. Und natürlich ist es die Hauptstadt von Bayern.
Xaver:	Das nenne ich Lokalpatriotismus. Da spaziere ich nun an einem warmen Sommerabend mit einem hübschen Mädchen durchs schöne München; und was mache ich? Ich mache Reklame für Wien.
Elke:	Um ganz ehrlich zu sein: Ich rede auch wie ein Reiseführer vom Touristenbüro.
Xaver:	Ich habe einen Vorschlag, Elke. Du zeigst mir deine Heimatstadt München; und bald fährst du mit mir nach Wien, und ich zeige dir die Schönheiten meiner Lieblingsstadt.
Elke:	Ja, ich weiß nicht, Xaver. Wir kennen uns doch kaum ...
Xaver:	Na, wenn's weiter nichts ist. Das können wir leicht ändern. Elke, ich war sehr einsam hier in München. Nun ist auf einmal alles anders, seit ich dich kenne. Ich bin sehr glücklich, wenn wir zusammen sind.
Elke:	Das war beinahe eine Schlagzeile in der Zeitung: „Wiener und Münchnerin überfahren — zwei Nationen im Tode vereint."
Xaver:	Großartig. Hast du irgendetwas mit Journalismus zu tun?

Elke:	Nein, wie kommst du denn auf die Idee?
Xaver:	Na, die Schlagzeile war so gut — wie von einem Reporter.
Elke:	Ich habe sogar eine starke Abneigung gegen Reporter. Aber hier sind wir schon am Eingang zur U-Bahn Haltestelle.
Xaver:	Wo kaufen wir denn unsere Fahrkarten?
Elke:	Hier ist der Automat. Hast du Markstücke?
Xaver:	Ja, hier. Genügt das?
Elke:	Ja, in der Stadt kostet es eine Mark.
Xaver:	Und jetzt müssen wir sicher durch ein eisernes Tor, und ein Mann in Uniform stempelt unsere Fahrkarten.
Elke:	Nein, so altmodisch sind wir hier in München schon lange nicht mehr.
Xaver:	Ach so, jetzt verstehe ich die Sache. Der Kondukteur stempelt unsere Fahrkarten in der Bahn. Richtig?
Elke:	Wieder falsch, Xaver. Siehst du den kleinen blauen Kasten dort am Eingang?
Xaver:	Der mit dem schwarzen „E" im gelben Feld?
Elke:	Genau. Das ist der Entwerter. Du steckst deine Fahrkarte hinein, es klingelt, und die Maschine hat deine Fahrkarte gestempelt.
Xaver:	Na, da wird die Stadt bald pleite sein. Wenn keiner kontrolliert, wer will denn dann zahlen?
Elke:	Naja, so dumm sind die Münchner auch wieder nicht. Manchmal wird schon kontrolliert. Und wer keine gestempelte Fahrkarte hat, der muß 20 Mark bezahlen.
Xaver:	Ich habe es ja gewußt: da muß ein Trick dabeisein. Mit welcher Bahn fahren wir denn?
Elke:	Die Fahrkarte gilt für alles: Autobus, U-Bahn, Straßenbahn und S-Bahn. Wir nehmen am besten die S-Bahn zur Ludwigsbrücke. Das ist am Deutschen Museum.
Xaver:	Und dann?
Elke:	Na, dann sind wir fast bei meiner Wohnung.
Xaver:	Fein, dann laufen wir. In einer warmen Sommernacht im Mondschein . . .
Elke:	Romantiker verpassen meistens den Anschluß. Hier kommt unsere S-Bahn. Komm schnell.
Lautsprecher:	S-6 nach Erding fährt ab. Bitte zurückbleiben.
Lautsprecher:	Nächster Halt Ludwigsbrücke.
Elke:	Da müssen wir aussteigen, Xaver.

Xaver:	Gut.
Lautsprecher:	S-6 nach Erding fährt ab. Bitte zurückbleiben.
Elke:	Was für ein wunderschöner Abend. Dort drüben ist das Deutsche Museum und die Isar.
Xaver:	Und da ist auch eine Bank an der Isar. Setzen wir uns einen Augenblick.
Elke:	Es ist schön so mit dir im Mondschein auf einer Bank zu sitzen, Xaver.
Xaver:	Ich möchte immer mit dir zusammensein, Elke. Aber wer weiß, wie lange ich noch in München bleiben kann.
Elke:	Aber warum denn, Xaver; willst du denn schon wieder nach Wien zurückgehen?
Xaver:	Das nicht. Ganz bestimmt nicht, Elke. Aber ich muß dauernd an meinen neuen Job in der Forschungsgruppe denken. Weißt du, ich habe ein bißchen Angst.
Elke:	Angst? Aber Xaver, wovor kannst du denn Angst haben?
Xaver:	Ach, weißt du, ich bin doch noch ein Anfänger, ein ganz junger Mann. Und ich weiß nicht einmal, woran die Gruppe arbeitet.
Elke:	Aber das sind sehr nette Leute, die in der Forschungsgruppe sind.
Xaver:	Ja, ich weiß. Aber das ist eine Art Prüfung für mich. Wenn ich nicht so gut bin, dann verliere ich vielleicht meinen Job.
Elke:	Ach Unsinn, du bist bestimmt gut. Direktor Kneibel holt sich keinen schlechten Chemiker aus Wien.
Xaver:	Ich muß eben einen guten Eindruck machen — gleich zu Anfang. Dann kann ich vielleicht immer hier in München bleiben, Elke.
Elke:	Das wäre schön, Xaver.
Xaver:	Ich muß wissen, um was es geht in der Forschungsgruppe. Ich muß das neue Produkt kennen. Elke, sag mir bitte, um was es geht.
Elke:	Aber Xaver, es ist doch ein Geheimnis. Und ich habe es dir doch schon gesagt: ich weiß es selbst nicht. Und ich darf nicht darüber sprechen.
Xaver:	Ich habe eine Idee: laß mich einfach die geheimen Dokumente einmal ansehen. Nur für ein paar Minuten.
Elke:	Aber wie kann ich das denn tun? Da sind doch immer andere Leute im Büro.

Xaver:	Na, vielleicht geht es in der Mittagspause. Du hast doch immer so gute Ideen.
Elke:	Ich weiß nicht, Xaver. Ich habe so ein dummes Gefühl. Hoffentlich geht alles gut.
Xaver:	Natürlich geht alles gut. Und mit uns geht auch alles gut, Elke.
Elke:	Hier ist das Haus: Lilienstraße 26. Gute Nacht, Xaver. Und vielen Dank für den wunderschönen Abend.
Xaver:	Ja, es war schön. Es ist immer so schön mit dir. Und heute nacht werde ich von dir träumen.
Elke:	Gute Nacht, Xaver. Komm gut nach Hause. Bis morgen.
Xaver:	Ja, bis morgen zur Mittagspause. Gute Nacht, Elke.
Xaver:	Hmmm, ein hübsches Mädchen. Nur gut, daß sie genauso naiv wie hübsch ist. Morgen erfahre ich das Geheimnis der Dokumente . . .

Fragen

1. Worin unterscheiden sich München und Wien?
2. Worin sind sich Wien und München ähnlich?
3. Warum vermutet Xaver, daß Elke etwas mit Journalismus zu tun hat?
4. Wo kauft man seine Fahrkarte für die U-Bahn?
5. Wie sieht ein Fahrkartenentwerter aus?
6. An welcher Haltestelle steigen Elke und Xaver aus?
7. Warum will Xaver von Elke etwas über das neue Produkt erfahren?
8. Wie denkt Xaver wirklich über Elke?

7 Spionage in der Mittagspause

Dr. Kneibel: Halbzeit! Das ist erst mal geschafft.

Elke: Oh, ist schon alles fertig und abgeschlossen?

Dr. Kneibel: Ja, im großen und ganzen sind wir fertig. Wir brauchen nur noch ein paar Kleinigkeiten zu machen.

Elke: Das ist ja prima.

Dr. Kneibel: Ja, wir haben schwer genug gearbeitet. Hier sind die Umschläge mit den Dokumenten. Bitte schließen Sie sie gleich in den Panzerschrank ein.

Elke: Ja, sofort, Herr Direktor. Gehen Sie zum Essen?

Dr. Kneibel: Ja, ich bin um zwei wieder zurück. Mahlzeit!

Elke: Mahlzeit, Herr Direktor.

Maria: Komm mit, Elke! Wir gehen zum Essen.

Elke: Es tut mir leid, Maria. Ich kann heute leider nicht mitkommen.

Maria: Ach, fühlst du dich nicht gut, oder hast du dir den Magen verdorben?

Elke: Nein, das ist es nicht. Ich habe noch ein paar eilige Briefe zu tippen. Und ich bin auch gar nicht hungrig.

Maria: Übertreib es nur nicht, Elke. Mit Arbeit kann man sich leicht den ganzen Tag verderben.

Elke: Ja, da hast du recht. Bis später dann.

Xaver: Ist die Luft rein, Elke?

Elke: Ach, du bist's, Xaver. Ja, komm rein. Meine Kollegen sind alle zu Tisch gegangen.

Xaver: Und Dr. Kneibel?

Elke: Der ist natürlich auch weg.

Xaver: Gut. Grüß dich, Elke. Sag mal, wie geht's dir denn heute? Ist dir der Abend gut bekommen?

Elke: Keine Sorge, Xaver. Ausgehen und elegant essen in einem netten Restaurant, das bekommt mir immer gut. Hab vielen Dank; es war wirklich sehr schön.

Xaver: Ja, das ist wahr. Es war so schön, weil wir zusammen waren, Elke, und weil ich dich besser kennenlernen konnte. Du bist wirklich ein ganz besonderes Mädchen.

Elke: Jaja, die Wiener. In jedem Satz ein Kompliment. Wie kann ich dir denn überhaupt trauen ...

Xaver:	Elke, laß uns nicht die Zeit vergessen; es ist schon fünfzehn Minuten nach zwölf. Kannst du mir jetzt die Dokumente zeigen?
Elke:	Ich weiß nicht, Xaver; ich habe gestern abend noch lange darüber nachgedacht. Ich habe ein dummes Gefühl bei der ganzen Sache.
Xaver:	Aber Elke, du hast mir doch gestern abend versprochen ...
Elke:	Ja, ich weiß. Aber Dr. Kneibel hat es streng verboten, daß jemand die Dokumente sieht. Nur er und die Herren von der Forschungsgruppe dürfen ...
Xaver:	Na, dann ist doch alles klar. Ich bin doch praktisch schon bei der Forschungsgruppe. Wegen der paar Tage brauchst du dir wirklich keine Gedanken zu machen.
Elke:	Nein, das ist es auch gar nicht, Xaver. Es geht einfach ums Prinzip. Ich habe Dr. Kneibel mein Wort gegeben; und wenn er nun erfährt, daß ich dir die Dokumente gegeben habe ...
Xaver:	Keine Angst, Elke. Dem Direktor werde ich es *nie* sagen, daß ich die Dokumente gesehen habe; das schwöre ich.
Elke:	Das glaube ich dir ja, aber ...
Xaver:	Kein *aber*, Elke. Denk doch auch mal an uns. Wenn ich einen guten Eindruck auf den Chef-Chemiker mache, dann ist mein Job hier so gut wie sicher. Und vielleicht werde ich sogar befördert. Und dann verdiene ich genug Geld, um ...
Elke:	Und trotzdem habe ich ein schlechtes Gewissen bei der Sache. Ich habe doch versprochen, daß ich niemandem die Dokumente gebe als ...
Xaver:	Halt! Ich hab's. Du brauchst mir die Dokumente gar nicht zu geben.
Elke:	So?
Xaver:	Paß auf! Du machst den Panzerschrank auf und zeigst mir, wo die Sachen sind. Dann gehst du in Dr. Kneibels Büro und telefonierst. Dann hast du mit der ganzen Sache nichts zu tun, und du brichst auch dein Wort nicht.
Elke:	Xaver, ich habe Angst. Mach nur schnell. Nicht mehr als zwei Minuten! Abgemacht?
Xaver:	Das genügt völlig. Hab nur keine Angst.
Elke:	Hier oben links liegt der Umschlag. Bitte, sei vorsichtig und mach schnell!
Xaver:	Gut. Geh schnell in Dr. Kneibels Büro und mach die Tür zu. Ich rufe dich sofort, wenn ich alles gesehen habe.

Xaver:	Das ist wirklich eine Sensation. Schnell die Kamera her. Ich muß das Material sofort nach Wien bringen. So, jetzt aber schnell wieder einpacken.
Xaver:	Elke?
Elke:	Ja?
Xaver:	So, alles erledigt! Ich habe die Papiere nur schnell überflogen. Es ist genau das, was ich mir gedacht habe.
Elke:	So?
Xaver:	Ja. Hier ist der Umschlag. Es ist aber doch gut, daß ich die Sachen gesehen habe. Damit werde ich auf einige Leute einen ungeheuren Eindruck machen. Und das ist gut für uns beide.
Elke:	Ich will die Sachen sofort einschließen. Xaver, es ist vielleicht besser, wenn dich hier niemand sieht.
Xaver:	Ja, ich gehe schnell etwas essen; die Mittagszeit ist bald vorbei. Kommst du mit, Elke?
Elke:	Nein, es geht nicht. Ich habe meinen Kolleginnen gesagt, daß ich noch ein paar eilige Briefe tippen muß.
Xaver:	Also gut, dann bis später. Ich rufe dich am Nachmittag an.
Elke:	Fein. Bis später.

Fragen

1. Welchen Auftrag gibt Direktor Kneibel seiner Sekretärin?
2. Warum geht Elke heute nicht mit Maria zum Essen?
3. Warum hat Xaver der Abend mit Elke so gut gefallen?
4. Wer darf die geheimen Dokumente sehen?
5. Was tut Elke in Dr. Kneibels Büro?
6. Warum geht Elke *wirklich* in Dr. Kneibels Büro?
7. Was macht Xaver mit den geheimen Dokumenten?
8. Was will Xaver am späteren Nachmittag tun?

8 Ein langes Wochenende

Elke: Vorzimmer Direktor Kneibel.

Xaver: Elke?

Elke: Ja.

Xaver: Du, ich muß unbedingt mit dir sprechen.

Elke: Wo brennt's denn? Du bist ja ganz aufgeregt. Ist etwas passiert?

Xaver: Nein, ganz im Gegenteil. Gute Nachrichten. Ich habe eine Überraschung für dich.

Elke: So? Das klingt ja wieder einmal ganz geheimnisvoll. Du steckst anscheinend dauernd voller Geheimnisse.

Xaver: Kannst du schnell mal für zehn Minuten weg?

Elke: Warte mal, wie spät ist es denn jetzt? Aha, kurz vor drei. Sagen wir in fünf Minuten?

Xaver: Gut. In fünf Minuten in der Kantine. Bis gleich.

Elke: Ja, bis gleich!

Elke: Du, Maria, ich gehe nur schnell mal in die Kantine und trinke eine Tasse Kaffee. In zehn Minuten bin ich wieder zurück.

Maria: Gut, ich achte auf dein Telefon.

Elke: Vielen Dank, Maria; du bist ein Engel.

Elke: Grüß dich, Xaver. Da bin ich.

Xaver: Prima. Komm, setz dich zu mir. Möchtest du einen Kaffee oder etwas Kaltes?

Elke: Ja, eine Tasse Kaffee, bitte.

Xaver: Mit etwas Milch und zwei Stück Würfelzucker, stimmt's?

Elke: Also, du bist der aufmerksamste Kavalier der Welt.

Xaver: Vergiß nicht, daß ich Chemiker bin. Die Mischung muß immer stimmen.

Elke: Also, jetzt halte ich die Spannung nicht mehr aus. Was steckt hinter deinem geheimnisvollen Gesicht?

Xaver: Also, vorhin, als ich von der Mittagspause kam und wieder an meinem Schreibtisch saß, da kam mein Chef zu mir und sagte: „Sagen Sie, mein Lieber, wann waren Sie denn zum letzten Mal zu Hause in Wien?" Naja, ich sagte ihm, daß sich das an einem normalen Wochenende nicht machen läßt, weil es zu weit ist. Und da sagte er: „Warum nehmen Sie sich nicht den Freitag frei. Morgen können Sie alles fertigmachen, und dann können Sie Freitag früh losfahren."

Elke:	Das ist ja prima, Xaver. Da freue ich mich aber für dich.
Xaver:	Also, ich lasse mir so etwas ja nicht zweimal sagen. Ich habe mich sehr bedankt und akzeptiert.
Elke:	Du hast dir ein freies Wochenende auch verdient; besonders jetzt, vor deiner Versetzung zur Forschungsgruppe, wird dir die Erholung guttun. Na, und deine Eltern werden sich erst freuen.
Xaver:	Ja, du wirst es ja selbst sehen.
Elke:	Ich? Wieso ich? Von mir ist doch gar nicht die Rede.
Xaver:	Das ist ja eben die Überraschung, von der ich am Telefon gesprochen habe. Wir fahren zusammen nach Wien; ich zeige dir die Stadt, und du lernst meine Eltern kennen.
Elke:	Xaver, ich glaube nicht, daß das geht.
Xaver:	Aber warum denn nicht?
Elke:	Sei mir bitte nicht böse — aber wir kennen uns doch kaum.
Xaver:	Das ist richtig. Aber wenn wir zusammen nach Wien fahren, dann haben wir Gelegenheit, uns viel besser kennenzulernen.
Elke:	Ja, das schon, aber findest du nicht, daß das alles ein bißchen zu schnell geht. Bis gestern abend haben wir noch *Sie* zueinander gesagt, und morgen willst du schon mit mir nach Wien fahren.
Xaver:	Naja, also ein bißchen schnell geht es schon. Aber gestern hast du selber gesagt, daß die Romantiker meistens den Anschluß verpassen.
Elke:	Aber das habe ich doch nur im Scherz gesagt.
Xaver:	Zugegeben, aber wahr ist es doch. Und bei dir möchte ich auf keinen Fall den Anschluß verpassen. Also, kommst du mit?
Elke:	Ich weiß doch gar nicht, was mein Chef dazu sagen wird. Wir sind doch noch mitten in der Arbeit an dem neuen Produkt.
Xaver:	Ach, der Kram ist doch so gut wie fertig. Und wenn du den Direktor nett bittest — meinst du vielleicht, daß der deinem Charm widerstehen kann? Bestimmt nicht!
Elke:	Hmm, vielleicht... Also, ich muß mir das alles nochmal gut überlegen...
Xaver:	Also, nun hör mal gut zu: erstens reist du gerne; zweitens bist du noch nie in Wien gewesen; drittens ist Urlaub kein Problem; und viertens bist du eingeladen und es kostet keinen Pfennig. Wenn du nun nicht *Ja* sagst, dann kann es ja nur daran liegen, daß du mich nicht leiden kannst.

Elke:	Aber Xaver. Wie kannst du denn so etwas sagen. Natürlich kann ich dich leiden. Ich mag dich sogar sehr gerne. Also, ich werde Dr. Kneibel fragen! Was sagst du nun?
Xaver:	Du bist ein phantastisches Mädchen, Elke, und du machst mich sehr glücklich.
Elke:	Nimm es mir bitte nicht übel: ich habe immer noch ein dummes Gefühl bei der Sache.
Xaver:	Ach, das kommt dir nur so vor. Wahrscheinlich ist es Reisefieber. Weißt du was? Jetzt gehst du in dein Büro zurück, bittest deinen Chef um Urlaub, und heute abend sagst du mir am Telefon, daß alles in Ordnung ist. Abgemacht?
Elke:	Also gut! Du bist immer so positiv und optimistisch, Xaver. Weißt du was?
Xaver:	Na?
Elke:	Ich freue mich schon mächtig auf unser Wochenende in Wien. Jetzt muß ich mich aber beeilen. Also bis heute abend.
Xaver:	Gut. Ich drücke die Daumen, daß alles gut geht. Servus!
Elke:	Servus!

Fragen

1. Was für eine Überraschung hat Xaver für Elke?
2. Wo kann man bei der Firma Novena eine Tasse Kaffee trinken?
3. Wie trinkt Elke ihren Kaffee?
4. Warum glaubt Elke, daß sie Xavers Einladung nicht annehmen kann?
5. Was will Elke am Nachmittag tun, wenn sie ins Büro zurückkommt?
6. Wie erklärt Xaver das „dumme Gefühl", von dem Elke spricht?

9 Alles klar für Wien

Dr. Kneibel: Fräulein Meierhöfer, haben Sie die Briefe schon geschrieben?

Elke: Ja, Herr Direktor, es ist alles fertig.

Dr. Kneibel: Gut, dann kommen Sie bitte gleich mit der Unterschriften-mappe zu mir.

Elke: Ja, ich komme sofort.

Dr. Kneibel: Herein!

Ah, gut, die Unterschriften. Was ist das?

Elke: Oh, das ist die Einladung an die Journalisten zur Pressekon-ferenz am nächsten Freitag.

Dr. Kneibel: Das wird eine Bombe. Sagen Sie, Fräulein Meierhöfer, haben Sie nicht einen Freund, der Journalist ist, äh, einen jungen Mann vom *Münchner Merkur*?

Elke: Ja, äh, also, eigentlich nicht. Das ist mehr ein Bekannter. Das heißt, wir waren einmal befreundet.

Dr. Kneibel: Ich dachte nur, ich hatte ihn einmal bei einem Betriebsfest kennengelernt. Naja, das geht mich ja eigentlich auch nichts an. Was haben wir denn da noch?

Elke: Hier sind nur noch die Briefe, die Sie diktiert haben.

Dr. Kneibel: Gut. Danke schön.

Elke: Herr Direktor, ich wollte Sie noch etwas fragen . . .

Dr. Kneibel: Ja, Fräulein Meierhöfer?

Elke: Ich möchte nicht unbescheiden sein, und ich weiß nicht, ob es geht . . .

Dr. Kneibel: Also, nun sagen Sie's mir ruhig. Kann ich etwas für Sie tun?

Elke: Also, ganz ehrlich. Ich wollte fragen, ob ich am Freitag einen Tag Urlaub nehmen kann.

Dr. Kneibel: Ja, also wenn's weiter nichts ist. Natürlich können Sie den Freitag frei haben. Wir sind ja mit der Arbeit am neuen Projekt praktisch fertig. Und die paar Sachen kann die Schreibdame miterledigen. Und außerdem haben Sie in den letzten Wochen hart gearbeitet; da haben Sie sich einen freien Tag ehrlich verdient.

Elke: Oh, vielen Dank, Herr Direktor. Ich werde der Maria alles

	genau erklären. Und am Montag bin ich ja dann auch wieder hier.
Dr. Kneibel:	Na, gut. Was haben Sie denn vor? Fahren Sie Ihre Mutter besuchen?
Elke:	Nein, diesmal habe ich eine größere Reise vor. Ich will nach Wien fahren.
Dr. Kneibel:	Nach Wien? Die blaue Donau, Wiener Walzer, Mozart, der Stephansdom, die Sachertorte . . . ein Traum. Ich habe meine Hochzeitsreise nach Wien gemacht. Eine großartige Stadt!
Elke:	Ja, ich freue mich auch schon sehr darauf.
Dr. Kneibel:	Übrigens, unser Dr. Brunner, der neue Herr aus Österreich, der kommt aus Wien. Wenn Sie irgendwelche Fragen haben – er kann Ihnen bestimmt alles erklären.
Elke:	Das hoffe ich sehr; wir fahren nämlich zusammen.
Dr. Kneibel:	Aha, jetzt habe ich wohl ein Geheimnis entdeckt! Naja, nach Wien soll man nicht alleine fahren. Das ist eine Stadt für Verliebte.
Elke:	Sie können einen aber ganz verlegen machen, Herr Direktor.
Dr. Kneibel:	Ach was. Was ist das Leben ohne Geheimnisse und Überraschungen? Ich wünsche Ihnen ein schönes Wochenende. Viel Spaß, Fräulein Meierhöfer!
Elke:	Vielen Dank, Herr Direktor. Auf Wiedersehen.
Dr. Kneibel:	Auf Wiedersehen. Bis Montag.
Elke:	Du, Maria.
Maria:	Ja?
Elke:	Der Herr Direktor hat mir für morgen frei gegeben. Kannst du mich einen Tag vertreten?
Maria:	Na klar! Ich wollte schon immer mal die Sekretärin des Direktors sein; und wenn's nur für einen Tag ist.
Elke:	Hier ist der Terminkalender. Um neun Uhr ist die Besprechung der Abteilungsleiter. Und hier, die Einladungen zur Pressekonferenz müssen heute noch zur Post. Das ist alles.
Maria:	Na, ich werde es schon schaffen. Und Montag bist du ja auch wieder da, nicht wahr?
Elke:	Ja, leider. – Wie spät ist es denn? Oh, schon gleich fünf. Da

	muß ich los; ich muß noch ein paar Sachen fürs Wochenende einkaufen. Also, Wiedersehen, Maria!
Maria:	Wiedersehen, Elke. Und viel Spaß in Wien!
Elke:	Danke. Bis Montag dann.

Verkäuferin:	Was darf es denn sein?
Elke:	Ich brauche ein Kleid, etwas Sportliches für die Reise.
Verkäuferin:	Sie tragen etwa Größe 38, nicht wahr?
Elke:	Stimmt genau.
Verkäuferin:	Haben Sie an eine bestimmte Farbe gedacht? Wir haben schon die neuen Herbstfarben — etwas Braunes paßt sicher gut zu Ihrem blonden Haar.
Elke:	Ja. Bitte, zeigen Sie mir etwas in braun mit langen Ärmeln.
Verkäuferin:	Hier drüben, bitte. So, hier finden Sie alles, was wir in Ihrer Größe haben.
Elke:	Hier, dieses braune Kleid mit den großen Taschen und dem Ledergürtel, das gefällt mir am besten.
Verkäuferin:	Wollen Sie es anprobieren?
Elke:	Ja, das ist vielleicht besser.
Verkäuferin:	Bitte schön, hier sind die Umkleidekabinen.

Verkäuferin:	Das steht Ihnen aber ausgezeichnet. Es scheint auch gut zu passen.
Elke:	Ja, ich glaube es paßt mir gut. Was kostet das Kleid?
Verkäuferin:	170 Mark. Es ist reine Wolle und erstklassig verarbeitet.
Elke:	Gut, ich nehme es mit.
Verkäuferin:	So, hier ist Ihr Kassenzettel. Sie zahlen, bitte, dort drüben an der Kasse. Vielen Dank und auf Wiedersehen!
Elke:	Auf Wiedersehen.

Xaver:	Brunner.
Elke:	Ich bin's. Elke.
Xaver:	Elke! Wie schaut's aus? Ist alles klar für morgen?

Elke:	Stell dir nur vor — alles ging genauso wie wir das wollten. Mein Chef war unheimlich nett; er hat mir für morgen einfach freigegeben.
Xaver:	Dann können wir also nach Wien fahren?
Elke:	Ja. Und weißt du, was er noch gesagt hat? „Wenn Sie irgendwelche Fragen über Wien haben — unser Dr. Brunner kann Ihnen bestimmt alles erklären."
Xaver:	Hmmm, dann muß ich heute abend noch den Reiseführer lesen, damit ich dich nicht enttäusche. Morgen . . .
Elke:	Und, du, ich habe mir schnell noch ein neues Kleid gekauft für unsere Wochenendreise.
Xaver:	Na, da werden sich ja alle Wiener nach dir umschauen.
Elke:	Spar dir die Komplimente bis morgen. Du, jetzt hab' ich wirklich Reisefieber. Wann fahren wir los?
Xaver:	Laß uns mal rechnen: München — Wien, das sind etwa 435 Kilometer. Wenn der Verkehr nicht so stark ist, dann können wir in fünf Stunden dort sein. Und der Wochenendverkehr beginnt erst am Nachmittag. Also, wenn wir um neun losfahren, dann sind wir so um zwei Uhr nachmittags in Wien.
Elke:	Ich mache dir einen Vorschlag: wir fahren schon um acht Uhr los und fahren dafür etwas langsamer. Dann sehen wir etwas von der Landschaft und sind auch am frühen Nachmittag dort. Was sagst du dazu?
Xaver:	Also, gut! Ich hole dich ab und bin um Punkt acht vor deinem Haus. Abgemacht?
Elke:	Abgemacht! Du, ich freue mich riesig, Xaver.
Xaver:	Ja, ich auch, Elke. Also, bis morgen dann. Gute Nacht!
Elke:	Gute Nacht, Xaver!

Fragen

1. Was bringt Elke in Dr. Kneibels Büro?
2. Woher kennt Dr. Kneibel einen jungen Journalisten, der mit Elke befreundet ist?
3. Um was bittet Elke ihren Chef?
4. Warum hat sich Elke einen freien Tag verdient?
5. Woran erinnert sich Dr. Kneibel, wenn er von Wien spricht?
6. Warum ist Elke verlegen?
7. Was steht für Freitag auf Dr. Kneibels Terminkalender?
8. Warum will die Verkäuferin Elke für ein braunes Kleid interessieren?
9. Ist Elke krank, weil sie Reisefieber hat?

10 Die Fahrt nach Wien

Xaver: Guten Morgen, gnädiges Fräulein. Bitte einsteigen. Der Zug nach Wien fährt sofort ab!

Elke: Guten Morgen, Xaver. Du bist ja überpünktlich. Es ist erst zwei Minuten vor acht. Und ich dachte, die Österreicher kommen immer zu spät.

Xaver: Ach wo, das haben die Deutschen nur erfunden, weil sie es nie erwarten können und immer zu früh kommen – so wie du heute morgen!

Elke: Naja, ich wollte eben den Zug nicht verpassen. Du weißt ja, Romantiker müssen da vorsichtig sein.

Xaver: Ja, da hast du allerdings recht. Aber, laß mich deine Reisetasche einpacken. So, dann können wir losfahren. Am besten fahren wir die Rosenheimer Straße lang nach Ramersdorf und dort auf die Autobahn nach Rosenheim und Salzburg. Hier ist die Straßenkarte.

Elke: Sag mal, ist das nicht ein Umweg. Die Autobahn führt erst nach Südosten nach Salzburg, und dann von dort in Richtung Nordosten nach Wien. Können wir nicht direkt in gerader Linie fahren?

Xaver: Wir können schon. Aber dann müssen wir auf schmalen Straßen fahren, und dann kommen wir vielleicht erst morgen nach Wien. Nein, wenn man *viel* Zeit hat, dann fährt man am besten mit dem Zug nach Passau und von dort mit dem Dampfer auf der Donau nach Wien.

Elke: Das klingt großartig. Das möchte ich auch einmal machen.

Xaver: Na, wir fahren ja vielleicht nicht das letzte Mal zusammen nach Wien. Aber noch sind wir nicht da. Und wenn ich nicht noch tanke, dann kommen wir nie hin.

Elke: Da vorne ist eine Tankstelle auf der rechten Seite.

Xaver: Gut.

Tankwart: Grüß Gott. Volltanken? Normal oder Super?

Xaver: Ja, Volltanken mit Normalbenzin. Und schauen Sie bitte

	unter die Haube: Öl, Wasser, Batterie; und prüfen Sie den Reifendruck.
Tankwart:	Jawohl.
Elke:	Sag mal, Xaver, warum haben die Pumpen denn Schlitze für Münzen wie die Fahrkartenautomaten der U-Bahn.
Xaver:	Dies ist eine Münztankstelle. Abends und sonntags ist der Tankwart nicht hier, und die Tankstelle ist geschlossen. Trotzdem kann man tanken, wenn man Münzen hat.
Elke:	Das ist praktisch.
Xaver:	Ja, wenn man nicht weit fahren will. Wenn wir aber auf diese Weise unser Benzin für die Fahrt nach Wien kaufen wollen, dann müssen wir einen Anhänger voll Kleingeld haben.
Tankwart:	35 Liter Normalbenzin, einen halben Liter Öl, das macht DM 34,30, bitte.
Xaver:	Hier, bitte.
Tankwart:	Danke, DM 65,70 zurück. Wiedersehen und gute Fahrt!

Xaver:	So, da vorne ist die Autobahn. Jetzt können wir endlich richtig aufdrehen.
Elke:	Bitte, fahr nicht so schnell. Die Strecke durch den Hofoldinger Forst ist so schön, und außerdem habe ich ein bißchen Angst, wenn du so schnell fährst.
Xaver:	Na, also gut. Fahren wir also im Schneckentempo mit 130 Sachen. Schau doch mal, was du im Radio findest.
Elke:	Mittelwelle — hier ist der amerikanische Sender AFN. Nein, das ist mir zu modern. Hier ist München mit klassischer Musik — das ist mir zu ernst. Mal sehen, was es im UKW gibt. Aha, das ist das richtige: München, zweites Programm mit bayerischer Musik. Das paßt zur Landschaft.
Xaver:	Ja, das gefällt mir auch. Bist du sicher, daß es nicht *österreichische* Volksmusik ist? Die klingt nämlich genauso.
Elke:	Aha, kaum sind wir aus München heraus, da wirst du patriotisch.

Xaver:	Nur, wenn es um Musik geht. Und das ist ja schließlich ungefährlich.
Elke:	Wir haben wirklich Glück mit dem Wetter. Hoffentlich hält sich der Sonnenschein übers Wochenende.
Xaver:	Na klar, wenn Engel reisen, dann lacht der Himmel!
Elke:	Ja, das kennen wir schon — „und wenn er Tränen lacht", heißt es dann auf einmal... Du, Xaver, ich bin *doch* noch ein bißchen schläfrig. Bist du mir böse, wenn ich nur mal für fünf Minuten die Augen zumache?
Xaver:	Ach wo. Wenn's etwas Interessantes zu sehen gibt, dann wecke ich dich.
Elke:	Gut. Und allerspätestens mußt du mich wecken, wenn wir an die Grenze kommen.
Xaver:	Gut, ich verspreche es dir.

Xaver:	Elke, wach auf, du Murmeltier.
Elke:	Oh, ja, wo sind wir?
Xaver:	Wir fahren gerade an Bad Reichenhall vorbei. Dort drüben, das hohe Gebirge rechts ist der Hochstaufen.
Elke:	Kommen wir nicht gleich an die österreichische Grenze?
Xaver:	Ja, in ein paar Minuten sind wir am Grenzübergang.
Elke:	Wird uns das lange aufhalten? Die Grenzpolizei durchsucht doch sicherlich den Wagen.
Xaver:	Das gibt es schon lange nicht mehr. Es ist nur eine kleine Formalität; du wirst es ja gleich sehen.
Elke:	Da ist ein Schild *Zoll. Langsam fahren!*
Xaver:	Ja, das erste Haus ist die deutsche Grenzstation.

Deutscher Grenzpolizist:	Grüß Gott! Ihre Ausweise, bitte. Aha, ein deutscher Personalausweis und ein österreichischer Paß. Ja, alles in Ordnung. Sie können weiterfahren. Gute Fahrt!
Xaver:	Danke schön.

Österreichischer Grenzpolizist:	Grüß Gott, meine Herrschaften. Die Pässe, bitte! So, alles klar.

Österreichischer **Zollbeamter:**	Grüß Gott! Haben Sie etwas zu verzollen? Kaffee, Zigaretten, Handelsware?
Elke:	Nein, ich habe nichts zu verzollen.
Xaver:	Ich auch nicht.
Zollbeamter:	Gut. Danke. Gute Fahrt!
Xaver:	Danke.
Elke:	Wie geht es denn nun weiter?
Xaver:	Also, wir fahren jetzt noch etwa 100 Kilometer durch die Berge, am Mond-See und Atter-See vorbei; dann wird's flacher. Bei Melk kommen wir an die Donau heran, und von dort fahren wir genau ostwärts auf Wien zu. Wir fahren durch den Wiener Wald, und dann sind wir schon da.
Elke:	Ich bin so aufgeregt. Jetzt schlafe ich ganz bestimmt nicht mehr.
Xaver:	Na, prima, dann können wir uns unterhalten und Pläne machen für das Wochenende. Also heute nachmittag. . .

Fragen

1. Mit welchem Verkehrsmittel fahren Elke und Xaver nach Wien?
2. Was für ein Gepäckstück nimmt Elke mit auf die Reise?
3. Warum fahren Elke und Xaver nicht auf direktem Wege nach Wien?
4. Was soll der Tankwart an Xavers Auto machen?
5. Wie kann man in Deutschland Benzin kaufen, wenn die Tankstelle geschlossen ist?
6. Wieviel ungefähr kostet ein Liter Benzin in Deutschland?
7. Warum wählt Elke bayerische Musik im Autoradio?
8. Was werden Elke und Xaver auf der weiteren Fahrt nach Wien sehen?

11 Das leere Haus in Ottakring

Elke: Xaver, sieh doch nur!

Xaver: Ja, wir sind beinahe da. Das ist Wien.

Elke: Also so groß hatte ich mir Wien nicht vorgestellt. Sag mal, wieviele Einwohner hat denn Wien?

Xaver: Ganz genau weiß ich das auch nicht, aber 1,6 Millionen sind es bestimmt.

Elke: Also dann ist Wien wirklich größer als München.

Xaver: Früher lebten hier sogar noch mehr Menschen. Als Wien noch die Hauptstadt der sogenannten *Donaumonarchie* war, da hatte die Stadt über zwei Millionen Einwohner. Aber das ist nun schon lange her.

Elke: Mmmh, ist Wien aber auch schon so alt wie München? München ist schon über 800 Jahre alt!

Xaver: Also, da streiten sich die Gelehrten immer noch. In der Schule habe ich gelernt, daß schon in der Steinzeit hier Menschen lebten — also etwa vor 4 000 Jahren.

Elke: Aber vor 4 000 Jahren gab es doch noch nicht die Stadt Wien, oder?

Xaver: Nein. Wien wurde 1137 eine Stadt . . .

Elke: Vor München?

Xaver: Aber die Stadtrechte bekam es erst im 13. Jahrhundert.

Elke: Also *nach* München.

Xaver: Weißt du noch, Elke, als wir vorgestern abend vom Weinstadl nach Hause gingen, da habe ich für Wien Reklame gemacht.

Elke: Ja, und jetzt sind wir beinahe in Wien, und ich spiele die Münchner Lokalpatriotin.

Xaver: Siehst du, da vorne ist die Autobahn zu Ende.

Elke: Müssen wir nun durch die ganze Stadt? Wo wohnen denn deine Eltern?

Xaver: Meine Eltern wohnen in Ottakring, das heißt im 16. Bezirk.

Elke: Was bedeutet *16. Bezirk*?

Xaver: Also, Wien ist in 23 Stadtbezirke eingeteilt, und Ottakring ist Nummer 16.

Elke: Und warum heißt der 16. Bezirk ausgerechnet Ottakring?

Xaver: Das ist genauso wie in München. Als die Stadt größer wurde, da gehörten nach und nach einige Dörfer zur Stadt dazu.

Elke: Ja, in München heißen diese Vororte zum Beispiel Pasing und Perlach.

Xaver: Siehst du? Und hier in Wien heißen sie Grinzing, Nußdorf und so weiter und natürlich Ottakring.

Elke:	Sag mal, wissen denn deine Eltern, daß du heute kommst und daß ich mitkomme?
Xaver:	Ja, ich habe gestern angerufen. Sie freuen sich schon, dich kennenzulernen.
Elke:	Guck mal schnell, Xaver. Der große Park hier rechts und der Palast.
Xaver:	Das ist das Schloß Schönbrunn und der Schloßpark. Hier wohnte früher im Sommer der Kaiser in — ich glaube — 1 400 Zimmern.
Elke:	Der konnte also jede Nacht in einem anderen Zimmer schlafen?
Xaver:	Ja, und wenn du es genau ausrechnest, für mehr als 15 Sommer, und jede Nacht in einem anderen Bett.
Elke:	Aha, der Herr Wissenschaftler weiß es wieder einmal ganz genau.
Xaver:	Ja, jetzt muß ich aber aufpassen, denn ich weiß *nicht* ganz genau, wie wir nach Ottakring kommen. Am besten fragen wir mal.

Xaver:	Entschuldigen Sie, bitte!
Mann:	Ja?
Xaver:	Wie kommen wir am besten von hier nach Ottakring?
Mann:	Nach Ottakring? Ja, warten Sie mal. Also, am besten fahren Sie hier links ab, dann nach 300 Metern rechts. Das ist die Mariahilfer Straße.
Xaver:	Gut. Und dann?
Mann:	Dann folgen Sie der Mariahilfer einen guten Kilometer bis zum Europa-Platz, und dann fahren Sie links den *Gürtel* weiter.
Xaver:	Ah, richtig. Dann kenne ich mich schon aus. Vielen Dank!
Mann:	Nichts zu danken.

Xaver:	So, da vorne ist es: Römergasse 16.
Elke:	Gut, daß wir da sind. Es war eine schöne Fahrt; aber nach sechs Stunden muß man sich wieder einmal bewegen.
Xaver:	Ja, und ich freue mich schon auf die Jause.
Elke:	Ist das euere Katze?
Xaver:	Nein, wir haben gar keine. Eine *Jause* ist das, was die Münchner einen Nachmittags-Kaffee nennen; und dazu gibt's dann meistens Kuchen und Schlagsahne.
Elke:	Also dann aber schnell.

Xaver:	Na, anscheinend sind meine Eltern gerade nicht zu Hause. Wahrscheinlich sind sie, äh, bei meiner Großmutter.
Elke:	Wohnt deine Großmutter außerhalb?
Xaver:	Nein. Sie hat eine Wohnung in Brigittenau im 20. Bezirk. Sie kommen sicherlich bald wieder.
Elke:	Und was machen wir bis dahin?
Xaver:	Oh, ich habe natürlich einen Schlüssel. Äh . . . warte . . . ja, hier ist er.

Elke:	Mmmh, das ist aber dunkel hier.
Xaver:	Ja, vielleicht. Es ist aber sehr gemütlich. Schau, hier ist das Wohnzimmer und hier . . . Aber wir können die Schloßbesichtigung auch später machen.
Elke:	Gut. Ich möchte mir das Haus gerne sehr genau ansehen.
Xaver:	Ja. Aber jetzt willst du dich sicher ein bißchen frisch machen. Komm, ich zeige dir dein Zimmer. Das Gästezimmer ist oben im ersten Stock.
Elke:	Huh, es ist so dunkel hier, und die Stufen knarren.
Xaver:	Ja, das Haus ist sehr alt.
Elke:	Alt, charmant und auch ein bißchen unheimlich — wie aus einer Spukgeschichte.
Xaver:	Du wirst schon sehen: um Mitternacht erscheint der Geist meines Großvaters und macht Reklame für Wien. . . Aber ich lasse dich jetzt allein. Inzwischen rufe ich meinen alten Schulfreund Toni an, und ich mache uns eine Tasse Kaffee.
Elke:	Gute Idee! Und dann machen wir einen Spaziergang durch Wien?
Xaver:	Ja, aber das überlassen wir Toni. Der kennt sich besser aus. Sicher führt er uns heute abend zum Prater zum Karussellfahren.
Elke:	Oder nach Grinzing zum Weintrinken?
Xaver:	Na, das machen wir dann hinterher. Also, ich rufe dich, wenn der Kaffee fertig ist.
Elke:	Fein. Bis bald.

Fragen

1. Zu welcher Zeit hatte die Stadt Wien die meisten Einwohner?
2. Wieviele Jahre vor Wien bekam München die Stadtrechte?
3. Warum heißt der 16. Bezirk in Wien *Ottakring?*
4. Warum konnte der österreichische Kaiser 15 Jahre lang jede Nacht in einem anderen Bett schlafen?
5. Wie heißt die vollständige Adresse von Xavers Eltern?
6. Was ist eine *Jause?*
7. Wohnen noch andere Verwandte von Xaver in Wien? Wer wohnt wo?
8. Wohin wird Xavers Schulfreund die beiden heute abend führen?

12 Der mysteriöse Schulfreund

Elke: So, schnell noch die Nase pudern . . . und den Lippenstift . . . fertig. Aha, das sind sicherlich Xavers Eltern, die von der Großmutter kommen . . . Aber wer klingelt denn schon am eigenen Haus? Ach, Xavers Eltern haben sicherlich sein Auto vor der Tür gesehen. Ich werde mal die Tür ein bißchen öffnen und horchen.

Xaver: Psst, Karl, komm rein. Schnell, hier ins Wohnzimmer.

Elke: Karl? Vorhin hat er doch gesagt, daß sein Freund Toni heißt. Na, vielleicht habe ich mich geirrt. Nein, ich erinnere mich ganz genau. Toni hat er gesagt. Aber warum hat Xaver so leise gesprochen? Na klar, er will mich sicherlich überraschen. Aber mit seinem Kaffee überrascht er mich bestimmt nicht; das ist jetzt schon mindestens eine halbe Stunde her. Das ist auch eigenartig, daß das Bett nicht bezogen ist. Wenn Xavers Eltern wußten, daß er einen Gast mitbringt, dann . . . Aber vielleicht sind seine Eltern schon sehr alt. Aber meine Mutter legt wenigstens die Bettwäsche und die Handtücher auf das Bett. Hmmh, merkwürdig. Schluß mit all den dummen Gedanken. Ich gehe am besten runter in die Küche und mache den Kaffee selbst. Und dann überrasche ich Xaver und seinen Freund mit dem Kaffee . . . Das muß die Küche sein. Aha, richtig.

Karl: Und warum hast du das Mädchen mitgebracht? Ist das etwa eine romantische Mission?

Xaver: Sie ist eine Freundin von mir, und sie hat mir sehr geholfen.

Karl: Deshalb brauchst du sie aber nicht mit nach Wien zu bringen.

Xaver: Du Depp, verstehst du denn nicht? Sie hat den Panzerschrank für mich geöffnet. Nur sie weiß, daß ich die Dokumente gesehen habe.

Karl: Also, hören wir auf, von dem Mädchen zu reden. Wo ist sie jetzt?

Xaver: Sie ist oben in ihrem Zimmer.

Karl: Kann sie hören, was wir hier sagen?

Xaver: Ausgeschlossen.

Karl: Gut. Komm zur Sache. Hast du die Informationen, die wir brauchen?

Xaver: Ja.

Karl: Wo sind sie? Laß mich die Sachen sehen?

Xaver. Halt! Nicht so schnell. Hast du auch das, was *ich* brauche?

Karl: Natürlich.

Xaver: Laß sehen!

Karl: Hier in meiner Aktentasche habe ich einen Umschlag mit einer halben Million Schilling.

Xaver:	Das ist aber nur die Hälfte. Der Preis ist eine Million. Also, wo ist der Rest?
Karl:	Na, so dumm sind wir ja auch nicht, daß wir die Katze im Sack kaufen.
Xaver:	Was soll das heißen?
Karl:	Du gibst mir die Information über die Dokumente, und ich gebe dir eine halbe Million Schilling.
Xaver:	Und wann kriege ich den Rest?
Karl:	Den kriegst du, sobald unser Laboratorium feststellt, daß wir wirklich die Dokumente über das neue Produkt von Novena haben — und nicht ein Rezept für Gulaschsuppe. Also, gib mir die Unterlagen!
Xaver:	Hier ist alles.
Karl:	Das soll wohl ein Witz sein, oder? Eine Million Schilling für eine Streichholzschachtel.
Xaver:	Nicht für die Schachtel, sondern für den Inhalt. Mikrofilm. Ich habe die geheimen Dokumente über das neue Produkt alle fotografiert.
Karl:	Hat das irgendjemand gesehen? Weiß das Mädchen, daß du fotografiert hast?
Xaver:	Elke? Die hat keine Ahnung, weil sie im Nebenzimmer war. Und ich habe natürlich eine kleine Taschenkamera benutzt.
Karl:	Hast du ihr irgendetwas darüber gesagt?
Xaver:	Natürlich nicht. Sie denkt, daß ich sie aus Liebe nach Wien mitgenommen habe.
Elke:	So ein Schuft! Was mache ich jetzt? Soll ich die Polizei rufen? — Ach, die werden mir eine so phantastische Geschichte kaum glauben. Noch dazu einer Ausländerin. Soll ich aus dem Haus rennen und versuchen alleine nach München zu kommen. Aber damit rette ich das neue Produkt auch nicht. Also, ran an den Feind. Vielleicht kann ich wenigstens den Mikrofilm vernichten.
Elke:	Störe ich?
Xaver:	Oh, nein. Komm nur rein, Elke. Oh, ich möchte dir meinen alten Schulfreund Ka. . . äh, Toni vorstellen. Toni, das ist Elke Meierhöfer aus München; eine Kollegin und gute Freundin.
Karl:	Grüß Gott!
Elke:	Grüß Gott!
Karl:	Ich möchte nicht länger stören. Ich muß nun wieder gehen. Ich wünsche ein schönes Wochenende in Wien.
Elke:	Aber warum müssen Sie denn schon gehen? Xaver sagte, daß Sie uns durch Wien führen wollen.
Xaver:	Ja, das hatte Toni eigentlich vor. Aber er hat leider eine wichtige Verabredung.

Elke:	Oh, das ist schade. Aber eine Tasse Kaffee müssen Sie unbedingt noch mit uns trinken, damit ich Sie kennenlerne. Xaver, ich wollte gerade in der Küche heißes Wasser machen, aber ich habe keine Streichhölzer für den Gasherd.
Karl:	Ja, ich weiß nicht . . .
Elke:	Ach, da liegt ja eine Streichholzschachtel auf dem Tisch.
Xaver und Karl:	Nein, nicht die Streichholzschachtel!
Elke:	Ich brauche die Streichhölzer nur einen Augenblick. Ich bringe sie gleich wieder zurück.
Xaver:	Gib sofort die Schachtel wieder her!
Karl:	Los, nimm sie ihr weg!
Elke:	Aua, du tust mir weh; laß mich los!
Xaver:	Das könnte dir so passen; gib her, laß los!
Karl:	Paß auf, sie steckt die Schachtel in den Mund. Schlag zu! Auaaaa!
Elke:	Aua, aua; Hilfe, Hilfeeeee!
Xaver:	Ich habe den Film.
Karl:	Alles in Ordnung?
Xaver:	Ja, Karl, wir haben Glück gehabt. Die Dose ist nicht aufgegangen.
Karl:	Das ist die Hauptsache. Aber mich hat das kleine Biest in die Hand gebissen. Was machen wir jetzt mit ihr?
Xaver:	Erst mal knebeln und fesseln und in den Kartoffelkeller. Dann sehen wir weiter.
Karl:	Gut. Los Mädchen, die Hände her!

Fragen

1. Wie erklärt sich Elke die Tatsache, daß ihr Bett nicht bezogen ist?
2. Warum will Elke den Kaffee selbst machen?
3. Warum hat Xaver Elke wirklich nach Wien mitgenommen?
4. Wieviel Geld bekommt Xaver von Karl? Wieviel ist das in amerikanischem Geld?
5. Warum gibt Xaver seinem Freund eine Streichholzschachtel?
6. Warum geht Elke nicht zur Polizei?
7. Wer schlägt Elke ins Gesicht?
8. Was machen die beiden Männer mit Elke?

13 Finstere Pläne

Karl: So, in den Kartoffelkeller mit ihr!

Xaver: Hier haben wir sie so sicher wie im Gefängnis. (zu Elke) Wenn du Krach machst, dann passiert was!

Xaver: Das ist nochmal gut gegangen.

Karl: Was meinst du damit?

Xaver: Ich meine die Streichholzschachtel mit dem Mikrofilm; der ist nämlich noch nicht entwickelt.

Karl: Ja, und?

Xaver: Na, wenn jemand die Filmdose aufmacht und Licht an den Film kommt, dann ist der Film ruiniert.

Karl: Warum hast du denn den Film noch nicht entwickelt?

Xaver: Keine Zeit! Ich habe die Aufnahmen ja erst gestern gemacht.

Karl: Naja, das geht ja schnell. Wir werden den Film gleich entwickeln.

Xaver: Aber was machen wir mit Elke? Wie lange soll das Mädchen denn unten im Keller sitzen?

Karl: Vielleicht eine Woche oder so. Jedenfalls so lange, bis das Rennen um das neue Produkt vorüber ist. Wenn wir damit auf dem Markt sind bevor Novena in München den Kram verkauft, dann können wir uns überlegen, was wir mit dem Mädchen machen wollen.

Xaver: Ich möchte nur nicht, daß ihr etwas passiert. Sie hat ja eigentlich nichts mit der ganzen Sache zu tun.

Karl: Nun werde mal nur nicht sentimental. Viel wichtiger ist das neue Produkt. Sag mal, Xaver, was ist es denn eigentlich, das geheimnisvolle neue Produkt?

Xaver: Ja, also, um ganz ehrlich zu sein, ich weiß es auch nicht!

Karl: Was?

Xaver: Ja, ich weiß, das klingt unwahrscheinlich. Aber das ist das größte Geheimnis bei der ganzen Sache. Alle wissen, daß etwas Neues auf den Markt kommt; aber niemand weiß, was es eigentlich ist.

Karl: Niemand? Das kannst du mir nicht erzählen!

Xaver: Natürlich weiß der Chef, Dr. Kneibel, Bescheid und die Chemiker in der Forschungsgruppe. Aber sonst niemand.

Karl: Steht denn nichts darüber in den Dokumenten?

Xaver: Ich habe nichts gesehen.

Karl: Ja, was machen wir denn nun?

Xaver: Keine Angst! Sobald wir die chemische Formel haben und im Labor die Sachen zusammenmixen, kann ich sagen, was es ist. Habt ihr ein Labor, wo ich arbeiten kann?

Karl:	Ein Labor haben wir schon, aber von dir war dabei nicht die Rede.
Xaver:	Was soll denn das heißen?
Karl:	Du arbeitest für Novena in München. Wir arbeiten für Meyer in Wien.
Xaver:	Und ich. Arbeite ich etwa nicht für Meyer in Wien?
Karl:	Absolut nicht! Du wirst bezahlt, sogar sehr gut bezahlt. Aber das ist auch alles.
Xaver:	Und was mache ich, wenn die Sache hier vorbei ist?
Karl:	Das ist deine Sache. Uns ist das egal. Vielleicht gehst du wieder zu Novena nach München zurück. Du wirst schon die richtige Entschuldigung finden.
Xaver:	Aber das Mädchen. Ich kann doch nicht ohne sie zurückkommen. In der Firma wissen doch alle, daß wir zusammen weggefahren sind.
Karl:	Na, vielleicht kannst du sie überreden, daß sie nichts sagt.
Xaver:	Ausgeschlossen!
Karl:	Sag das nicht! Du kriegst ja schließlich eine Million Schilling. Hunderttausend Schilling sind ein überzeugendes Argument für eine kleine Sekretärin.
Xaver:	Das glaube ich nicht. Sie ist nicht materialistisch.
Karl:	Warum heiratest du sie nicht? Wenn sie deine Frau ist, dann kann sie nicht gegen dich aussagen, wenn die Polizei Fragen stellt.
Xaver:	Wenn ich jedesmal ein Mädchen heiraten muß, nachdem ich eine Mission abgeschlossen habe, dann habe ich bald einen Harem.
Karl:	Naja, irgendwie werden wir die Sache mit dem Mädchen schon regeln.
Xaver:	Aber wie?
Karl:	Ach, da gibt es eine ganze Reihe von Möglichkeiten. Man kann sie zum Beispiel illegal über die Grenze bringen, betrunken oder so.
Xaver:	Ja, und dann.
Karl:	Dann rufen wir die deutsche Polizei an, anonym natürlich, und sagen ihnen, wo sie eine Industrie-Spionin finden können.
Xaver:	Aber wird denn die Polizei das glauben.
Karl:	Na, wenn die Polizei alles das findet, was wir in ihre Handtasche getan haben, dann wird alles ganz klar sein. Mikrofilme und so ...
Xaver:	Und dann gibt es eine Gerichtsverhandlung. Der Richter wird sicherlich ein paar Fragen an mich haben.
Karl:	Fragen hat er sicher, aber keine Antworten.
Xaver:	Wie meinst du das?
Karl:	Na, du gehst natürlich nicht hin. Es gibt eben Einladungen, die man nicht annimmt.
Xaver:	Aber wird mich denn die österreichische Regierung nicht der deutschen Polizei übergeben?

Karl:	Es ist nicht zu glauben. Da studiert der Mensch, der Mensch wird *Doktor* Brunner, der Mensch macht Karriere, und — ist immer noch ein Dummkopf.
Xaver:	Was willst du damit sagen?
Karl:	Weißt du nicht, daß Österreich ein neutrales Land ist?
Xaver:	Ja, das schon. Aber was hat das mit der deutschen Polizei zu tun?
Karl:	Paß auf! Du bist österreichischer Staatsbürger, du bist in Österreich, und die Polizei in Deutschland will dir ein paar Fragen stellen.
Xaver:	Ja.
Karl:	Die österreichische Regierung liefert dich natürlich nicht aus. Das gibt es nur, wenn du ein Kapitalverbrechen begangen hast.
Xaver:	Ach so. Und wenn ich in Deutschland bin?
Karl:	Ja, wenn dich die Polizei in Deutschland in die Hände kriegt, dann ist das Spiel zu Ende. Aber wir können unsere Probleme ja auch anders lösen.
Xaver:	Wie denn?
Karl:	Das Mädchen kann von einem Berg herunterfallen oder in einem See beim Baden ertrinken — es gibt so viele Möglichkeiten.
Xaver:	Aber das ist ja Mord!
Karl:	Wenn dir das Wort nicht gefällt, dann sag doch einfach *Unfall* dazu. Es passiert ja so viel heutzutage. Die Zeitungen sind voll davon.
Xaver:	Aber dann wird mich die österreichische Regierung sicherlich ausliefern.
Karl:	Vielleicht; aber nur, wenn sie dich haben. Du kannst ja auf Reisen sein — in Südamerika oder so . . .

Fragen

1. Warum hat Xaver den Mikrofilm noch nicht entwickeln lassen?
2. Wie lange wollen die Männer Elke im Keller festhalten?
3. Wer weiß, was für ein kosmetischer Artikel das neue Produkt ist?
4. Wie kann Xaver verhindern, daß Elke vor Gericht gegen ihn aussagt?
5. Warum nennt Karl seinen Freund Xaver einen Dummkopf?
6. Was für einen *Unfall* kann Elke haben?

14 Gefangen

Elke: Gefangen im Kartoffelkeller ... eine schöne Geschichte. Kein elektrisches Licht ... nur Kartoffeln. Draußen wird es langsam dunkel; da drüben ist das Kellerfenster. Mmh ... Ob ich hier vielleicht rauskomme? Mal sehen. Hier ist das <u>Gitter</u>, aus Holzlatten — die biegen sich nicht einmal. Mensch, die sind sicher vier mal sechs Zentimeter. Aha, hier ist die Tür; auch gute Qualität. Und ein Vorhängeschloß. Brunners haben wohl Angst, daß ihnen jemand die Kartoffeln stiehlt. Mal sehen, was haben wir denn hier noch, außer den Kartoffeln. Aha, hier ist ein Karton mit Äpfeln. Mmh, wenn keiner was zu essen bringt, dann werde ich hier vegetarisch leben müssen... Irgendwie muß ich hier rauskommen; kein Mensch weiß, wo ich bin. Die können mich doch nicht einfach hier verrotten lassen. Vielleicht kann ich Xaver überreden ... ah, da kommt jemand.

Xaver: Na, hast du dich beruhigt?

Elke: Ach, Xaver, warum hast du das alles getan?

Xaver: Das ist meine Sache. Hier sind ein paar belegte Brote, eine Flasche Bier, eine Decke und eine Luftmatratze.

Elke: Xaver, sag mal, was wird denn nun mit mir geschehen? Du kannst mich doch nicht einfach...

Xaver: Das hängt ganz von dir ab.

Elke: Von mir? Wie soll ich denn das verstehen?

Xaver: Ich will dir ein paar Fragen stellen. Wenn du die beantwortest, dann werden wir sehen, was wir mit dir machen.

Elke: Wir? Ist denn dein Freund noch hier?

Xaver: Das geht dich nichts an. Ich stelle die Fragen, und du antwortest. Verstanden? Also, erste Frage: Was für ein Produkt ist es, das Novena auf den Markt bringen will?

Elke: Ich habe es dir doch schon gesagt: Ich weiß es nicht.

Xaver: Ach, Unsinn. Das glaubt dir doch keiner. Du verstehst anscheinend immer noch nicht, wie ernst deine Situation ist. Also, was ist es? Ein Puder, Lidschatten, Lippenstift? Nun sag's schon!

Elke: Ich weiß es wirklich nicht, Xaver. Ich würde es dir wirklich gerne sagen. Aber niemand in der ganzen Firma Novena weiß, um was es da geht. Nur Dr. Kneibel und wahrscheinlich die Chemiker in der Forschungsgruppe wissen es. Glaub mir doch, Xaver!

Xaver: Du machst dich lustig über mich.

Elke:	Das würde ich niemals tun. Xaver, ich liebe dich!
Xaver:	So? Und warum hilfst du mir dann nicht?
Elke:	Wie soll ich dir denn helfen?
Xaver:	Du brauchst mir nur zu sagen, was das neue Produkt ist. Dann bekomme ich mein Geld und alles sieht viel besser aus. Vielleicht für uns beide . . . .
Elke:	Xaver, glaube doch diesem Freund Karl nicht, der . . .
Xaver:	Du meinst Toni?
Elke:	Du brauchst die Komödie nicht mehr zu spielen. Ich habe euer Gespräch gehört. Ich war in der Küche. Ich weiß, daß Karl dir eine halbe Million Schilling gegeben hat.
Xaver:	Gut. Aber das ist nur ein Teil. In ein paar Tagen bin ich reich, ein Millionär.
Elke:	Xaver, Geld allein macht auch nicht glücklich!
Xaver:	Das vielleicht nicht, aber es beruhigt.
Elke:	Xaver, wir brauchen nur die Liebe zum Glück. Du hast einen guten Job, ich kann auch arbeiten. Das ist genug für uns.
Xaver:	Du bist naiv, Elke.
Elke:	Nein, Xaver, *du* bist naiv. Das restliche Geld bekommst du nie! Du kannst die Verbrecher doch nicht zwingen. Oder willst du vielleicht zur Polizei gehen und sagen: „Ich bin ein Spion. Ich habe gut gearbeitet. Und die bösen Menschen zahlen nicht." Da lachen ja die Hühner.
Xaver:	Das Geld bekomme ich schon. Du wirst es schon sehen.
Elke:	Xaver, überleg doch mal. Du hast eine halbe Million Schilling. Sei schlau. Wir setzen uns in den Wagen, fahren ab, und in fünf Stunden sind wir in München. Die Verbrecher können ja auch nicht zur Polizei gehen und sagen: „Unser Spion hat uns betrogen."
Xaver:	Ach, Unsinn. Mein Plan ist fertig. Ich bekomme das Geld, und dann fliege ich mit einem falschen Paß nach Südamerika und tauche unter.
Elke:	Und ich? Wo bleibe ich dabei?
Xaver:	Du? Was hast du denn damit zu tun?
Elke:	Aber Xaver. Ich liebe dich doch. Und ich habe dir alle Informationen gegeben.
Xaver:	Du bist eben dumm. Ich liebe dich nicht. Ich habe dich nie geliebt.
Elke:	Achso, du hast mich also nur ausgenutzt, du Schuft. Und ich habe dir geglaubt. Der einsame Wiener mit Heimweh in München. Ha! Und ich falle darauf herein!
Xaver:	Jaja, das alte Lied. Ein bißchen Sentimentalität, ein bißchen Charm, ein bißchen Eleganz — und schon blutet das Mädchenherz. Und einen Herrn Doktor heiratet jede gerne. Hahaha.

Elke:	Glaub ja nicht, daß du so davonkommst. Du glaubst wohl, daß du besonders schlau bist. Ha! In ein paar Tagen hat dich die Polizei doch! Industriespionage, Menschenraub, Freiheitsberaubung — da kannst du hinter Gittern sitzen bis du verfaulst.
Xaver:	Zuerst einmal sitzt *du* hinter Gittern.
Elke:	Wenn ich am Montag nicht im Büro bin, dann schickt Dr. Kneibel sofort die Polizei los.
Xaver:	Ach, das glaube ich nicht. Du bist doch mit mir zusammen; das weiß dein Chef. Was kann dir da denn schon passieren?
Elke:	So einfach ist das nicht. Dr. Kneibel kennt mich. Ohne Grund bleibe ich nie von der Arbeit weg.
Xaver:	Na, da kannst du ganz beruhigt sein. Einen guten Grund hast du ja.
Elke:	Wie meinst du das?
Xaver:	Na, ich werde ihm ein Telegramm schicken. Wenn du krank bist, dann kannst du eben nicht kommen. Das ist doch klar.
Elke:	Oh, du Schuft, du Verbrecher . . .
Xaver:	Na, laß dir die Zeit nicht zu lang werden. Hier, die Handfesseln nehme ich dir ab. Aus dem Käfig kommst du bestimmt nicht raus.
Elke:	Der Schuft! Und kein Mensch kann mir helfen . . .

Fragen

1. Was findet Elke in ihrem Gefängnis?
2. Was will Xaver von Elke wissen?
3. Was für eine Komödie braucht Xaver nun nicht mehr zu spielen?
4. Warum sagt Elke, daß Xaver naiv ist?
5. Was für einen Plan hat Xaver?
6. Wie will Xaver verhindern, daß Dr. Kneibel in München die Polizei alarmiert?
7. In was für einer Stimmung ist Elke am Schluß der Episode?

15 Xaver wird ungeduldig

Xaver: So. Weglaufen kann sie ja nicht... Ein schöner Montagmorgen, Sonnenschein, keine Arbeit. Da brauche ich keinen Wagen. Die zehn Minuten zum Postamt kann ich laufen... Aha, hier ist die Post... Ah, hier, Schalter 1: Telefongespräche, Telegramme.

Beamter: Ja, bitte?

Xaver: Ein Telegramm-Formular, bitte.

Beamter: Hier, bitte schön. Da drüben auf dem Tisch ist ein Kugelschreiber.

Xaver: Ja. Danke schön... Direktor Novena-Kosmetik, München, Deutschland. Elke Meierhöfer gestürzt, Beinbruch, nicht reisefähig. Erbitte eine Woche Urlaub. Näheres folgt. Brunner.
Ja, das klingt gut. Da schickt der Direktor nicht die Polizei sondern Blumen ... So, fertig.

Beamter: Ja, bitte? Ach so, der Herr mit dem Telegramm.

Xaver: Ja, hier, bitte.

Beamter: Direktor Novena-Kosmetik, München, Deutschland — aha, Auslandstelegramm —; brauchen wir da keine Straße und Hausnummer?

Xaver: Nein. Das ist eine größere Firma. Dies ist die Telegrammadresse.

Beamter: Gut. Text: Elke Meierhöfer gestürzt, Komma, Beinbruch, Komma, nicht reisefähig, Punkt. Erbitte eine Woche Urlaub, Punkt. Näheres folgt. Punkt. Brunner. — Stimmt das so?

Xaver: Ja, das ist richtig.

Beamter: Na, dann wollen wir mal zählen: Adresse — eins, zwei, drei, vier fünf. Text: zwei, vier, sechs, acht, zehn, zwölf und eins ist dreizehn. Das sind zusammen, warten Sie mal, dreizehn und fünf haben wir gesagt, achtzehn Wörter.

Xaver: Was macht das, bitte?

Beamter: Einen Moment, hier ist das Buch: Telegramme, Ausland, ah, hier, nach Deutschland: Mindestgebühr 20 Worte. Sie haben nur 18. Wollen Sie noch was dazuschreiben? *Herzliche Grüße* oder so was?

Xaver: Nein, nein. 20 Wörter also. Was kostet das?

Beamter: Mindestgebühr für 20 Wörter ist 70 Schilling. Also, 70 Schilling, bitte, der Herr.

Xaver: Hier, bitte.

Beamter: 100 Schilling, 30 zurück. Danke.

Xaver:	Wann ist das Telegramm in München?
Beamter:	Wie spät haben wir's denn jetzt — ah, Viertel nach neun. Ich gebe das Telegramm gleich übers Telefon durch — naja, ich schätze, daß das Telegramm etwa um halb elf oder elf dort ist.
Xaver:	Gut. Danke. Ah, sagen Sie, bitte, wo ist hier das nächste Telefon?
Beamter:	Wenn Sie jetzt aus der Post rauskommen, dann gehen Sie links 50 Meter zum Bahnhof. Da ist eine Telefonzelle.
Xaver:	Danke schön. . . Aha, die Telefonzelle.
Karl:	Ja.
Xaver:	Ich bin's. Karl?
Karl:	Ja. Was gibt's?
Xaver:	Ich wollte nur mal hören wie es im Labor vorwärts geht. Was habt ihr herausgefunden? Was ist es?
Karl:	Warum willst du denn das wissen? Warum hast du es denn plötzlich so eilig? Kalte Füße?
Xaver:	Ich will mein Geld haben. Ist das so ungewöhnlich? Ich habe meine Arbeit getan; nun will ich die Bezahlung. Also, was ist los?
Karl:	Sag mal, was hast du denn da eigentlich fotografiert. Dein altes Chemiebuch von der Schule?
Xaver:	Quatsch. Ihr habt genau das, was ihr wolltet. Was sollen die dummen Fragen?
Karl:	Wir haben den Film entwickelt, und das Labor hat das ganze Wochenende gearbeitet.
Xaver:	Ja, und? Irgendetwas müssen die doch haben.
Karl:	Ja, irgendetwas haben die schon. Es sieht aus wie weiße Margarine, und nach zehn Minuten wird es grün.
Xaver:	Was? Das ist doch nicht möglich!
Karl:	Nicht möglich? Sieh dir den Dreck lieber selber an. Der Chef hat eine Wut, sage ich dir. Er glaubt, daß du uns einen falschen Film verkauft hast.
Xaver:	Ach, Unsinn. Dann ruft doch keiner mehr an, sondern rennt so schnell er kann. Nein, da könnt ihr ganz sicher sein. Der Film ist echt.
Karl:	Weißt du das genau?
Xaver:	Ja, also das Mädchen hat mir doch den Umschlag gezeigt. *Geheim* stand da drauf — in rot.
Karl:	Das bedeutet gar nichts.
Xaver:	Doch, es war der einzige Unschlag mit einem Geheimstempel. Ich bin ganz sicher.

Karl:	Gut, wir geben dir eine Chance. Wo bist du jetzt?
Xaver:	In einer Telefonzelle am Bahnhof Ottakring.
Karl:	Gut. Du bleibst da. Ich schicke dir einen Wagen. In zehn Minuten ist der da.
Xaver:	Ja, und dann?
Karl:	Dann nimmst du deine *echten Formeln,* gehst ins Labor und produzierst etwas sehr Schönes für den Chef.
Xaver:	Ja, ich werde es versuchen . . .
Karl:	Ja, und versuch nur keine krummen Sachen. Du weißt, wir finden dich!
Xaver:	Schon gut, schon gut. Ich warte hier.

Fragen

1. Wie weit ist es bis zum nächsten Postamt?
2. Warum schreibt Xaver nicht die Straßenadresse auf das Telegrammformular?
3. Welchen Grund gibt Xaver dafür an, daß Elke eine Woche Urlaub haben will?
4. Wieviel kostet das Auslandstelegramm, und wieviel ist das in amerikanischem Geld?
5. Wie lange ist das Telegramm unterwegs?
6. Welches Ergebnis hatten die Labor-Experimente bei der Firma Meyer?
7. Was soll Xaver jetzt machen?

16 Die Villa im Wald

Otto:	Bist du Brunner?
Xaver:	Ja, ich bin Doktor Brunner.
Otto:	Spar dir die Dekorationen für Weihnachten. Steig ein.
Xaver:	Ja, ich weiß nicht . . .
Otto:	Hör auf zu quatschen. Los, steig ein! Los, Pickel, tritt auf den Pinsel. Du weißt ja, wohin.
Pickel:	Geht klar, Otto. Den gleichen Weg?
Otto:	Ja, wie immer. Der hier sieht's ja nicht.
Xaver:	Also, was soll denn das heißen? Wohin bringen Sie mich?
Otto:	Das siehst du schon, wenn wir da sind.
Xaver:	Sie, Herr Pickel, sagen Sie mir sofort, wohin Sie fahren.
Otto:	Hahaha, *Herr Pickel* hat er gesagt. Hast du das gehört, Pickel? *Herr Pickel!* Versuch's doch mal mit *Herr Doktor Pickel!*
Xaver:	Was gibt's denn da zu lachen?
Otto:	Wir nennen ihn Pickel, weil er immer Pickel im Gesicht hat.
Xaver:	Gut, und wie heißen Sie wirklich?
Otto:	Mensch, ist der vielleicht naiv!
Pickel:	Ja, ich habe nämlich meine Visitenkarten verloren, und mein Reisepaß ist in der Wäsche.
Xaver:	Also, wohin fahren wir, und was wollen Sie damit sagen: „Der hier sieht's ja nicht."
Otto:	Ja, richtig. Also das muß ich dir erklären. Was siehst du, wenn du die Augen zumachst?
Xaver:	Natürlich nichts. Wieso?
Otto:	Richtig. Und so haben wir das auch geplant.
Xaver:	Daß ich die Augen zumache?
Otto:	Genau! Du hast es erraten. Und damit du das auch richtig machst, helfen wir dir dabei ein bißchen.
Xaver:	Was?
Otto:	Ich werde dir jetzt die Augen verbinden. Los, dreh mir deinen Rücken zu!
Xaver:	Na hören Sie mal! Sie sind wohl verrückt geworden. Was denken Sie sich denn eigentlich. Ich bin doch kein Verbrecher.
Otto:	Hast du das gehört, Pickel? Der Herr ist kein Verbrecher. Er klaut seinem Chef geheime Dokumente, er sperrt ein Mädchen im Keller ein. Ein feiner Mann.
Xaver:	Eine so gemeine Behandlung lasse ich mir jedenfalls nicht gefallen.
Otto:	Ach, wirklich nicht? Paß mal gut auf, Brunner; jetzt werde ich dir mal etwas sagen. Wir sind keine Amateure, und dies ist keine

	Spielerei. Die Sache ist ernst, und du hast es mit Erwachsenen zu tun. Es gibt verschiedene Methoden, mit denen wir verhindern können, daß du etwas siehst. Diese ist wenigstens schmerzlos. Also, entweder oder?
Xaver:	Ich werde mich über Sie beschweren. Diese Behandlung ist unerhört.
Otto:	Da vorne links ab, und dann am Waldrand rechts. Klar?
Pickel:	Ja; folgt uns irgendeiner?
Otto:	Nein. Alles klar. Halt direkt vor dem Eingang; und dann stellst du den Wagen hinter das Haus in den Schatten.
Pickel:	Ja. Brauchst du mich dann noch?
Otto:	Später vielleicht.
Pickel:	Gut. Ich bleibe im Haus.
Otto:	So, Brunner, wir sind da. Steig aus!
Xaver:	Ich kann ja nichts sehen.
Otto:	Hier, nimm meine Hand. Ich bringe dich ins Haus. Dann nehme ich die Augenbinde ab.
Karl:	Los, Otto, nimm ihm die Binde ab. Gab es irgendwelche Probleme?
Xaver:	Das kann man wohl sagen. Sag mal Karl, was sind denn das eigentlich für Manieren?
Karl:	Warum bist du denn so aufgeregt, Xaver?
Xaver:	Dieser Rausschmeißer-Typ hier, dieser Otto, der behandelt mich wie einen dummen Jungen. Und dann muß ich mir noch gefallen lassen, daß er mir die Augen verbindet.
Karl:	Komm, Xaver, ich zeige dir das Labor. Und auf dem Wege erkläre ich dir alles. Sieh mal, die Sache ist so: Wir haben dich in die Firma Novena hineingebracht. Du kommst langsam, sehr langsam, an die Dokumente heran und machst einen Mikrofilm. Dann kommst du damit nach Wien − fast zu spät. Wir arbeiten an der Sache, und was kriegen wir? Nichts. Gar nichts.
Xaver:	Ja, aber dafür kann ich doch nichts. Vielleicht können euere Laborleute nichts.
Karl:	Darum geben wir dir ja eine Chance. Bisher hast *du* eine halbe Million bekommen und *wir* überhaupt nichts. Und wenn du nicht die richtige Formel findest, dann werden wir dich noch ganz anders behandeln.
Xaver:	Ha, ihr fühlt euch wohl sehr stark. Ich brauche ja nur der Polizei zu erzählen, wie die Firma Meyer ihre kosmetischen Produkte herstellt.

Karl:	Keine Chance, lieber Xaver. Erstens siehst du die Polizei nur, wenn wir das wollen. Und dann kannst du vielleicht nichts mehr erzählen.
Xaver:	Soll das etwa eine Drohung sein?
Karl:	Nein, nur eine Feststellung. Du bist die einzige Verbindung zwischen uns und Novena in München. Du und vielleicht das Mädchen. Und wenn es euch nicht mehr gibt, dann gibt es auch keine Verbindung.
Xaver:	Wie soll ich denn das verstehen?
Karl:	Aber Xaver, so dumm kannst du doch gar nicht sein. Ein Toter redet nicht mehr.
Xaver:	Aber die Polizei wird die Leichen finden.
Karl:	Die gibt es dann nicht mehr. Du bist doch ein Chemiker. Und chemisch kann man doch alles verschwinden lassen . . . Nein, nein, wir haben alle Trümpfe in der Hand.
Xaver:	Und was soll ich nun machen?
Karl:	Hier ist dein Labor. Hier findest du das neue Produkt. Ganz einfach. Du bleibst hier, bis du es hast.
Xaver:	Und was passiert, wenn ich es nicht finde.
Karl:	Dann bleibst du für immer hier . . . hahaha!
Xaver:	Gut. Ich werde mein Bestes tun. Aber was wird mit dem Mädchen? Sie hat mit der ganzen Sache doch kaum etwas zu tun.
Karl:	Mach dir nur keine Sorgen um das Mädchen. Wir kümmern uns um alles; und wir vergessen niemanden . . .

Fragen

1. Woher hat *Herr Pickel* seinen Namen?
2. Warum sagt Pickel, daß er seine Visitenkarten verloren hat?
3. Warum ist Xaver so aufgeregt?
4. Wohin soll der Fahrer den Wagen fahren?
5. Warum hat Karl keine Angst, daß Xaver der Polizei die Wahrheit sagt?
6. Wie wollen Karls Leute verhindern, daß die Polizei die Leichen von Xaver und Elke findet?
7. Was werden die Gangster mit Elke machen?

17 Kurt hat Liebeskummer

Kurt Zöllner: Nein, so geht das einfach nicht. Das ist nicht mein Stil; das ist überhaupt kein *Bericht aus dem Gerichtssaal* sondern eine ganz traurige Schreiberei. Das ist nun schon der vierte Versuch, den Artikel zu schreiben. Was ist denn nur mit mir los? . . . Mmh, Montagmorgen. Aber ich bin ja gar nicht müde. Und ich habe ja auch das ganze Wochenende über nichts unternommen. Ich habe einfach zu Hause gesessen. Mmmh . . . also dann noch einmal. . . Was schreibe ich denn nun? „Liebe Elke" . . . also das ist das Ende. Elke geht mir einfach nicht mehr aus dem Kopf. Das ganze Wochenende über habe ich an sie gedacht . . . ein einsames Wochenende. Ach, Quatsch, das hat hier keinen Sinn. Ich werde mal eine Tasse Kaffee trinken gehen. Vielleicht kommt ein Kollege mit in die Kantine.

Thomas Faber: Kurt! Komm mal rüber. Schau mal, was ich hier habe.

Kurt: Laß mal sehen!

Thomas: Nein. Rate!

Kurt: Wie kann ich das raten. Vielleicht wieder ein Liebesbrief von einer Leserin?

Thomas: Ausgerechnet du sagst das? Nun werde nur nicht eifersüchtig: Der Liebesbrief ist von deiner Freundin Elke.

Kurt: Elke? Elke hat dir geschrieben?

Thomas: Naja, nicht gerade einen Liebesbrief. Und sie hat den Brief auch nicht unterschrieben. Aber geschrieben hat sie ihn auf jeden Fall.

Kurt: Was willst du damit sagen? Daß Elke dir einen anonymen Brief geschrieben hat?

Thomas: Nein, nein. Reg dich nur nicht auf, Kurt. Der Brief ist eine Einladung zur Pressekonferenz von Novena. Du weißt doch, Novena hat ein revolutionäres neues Produkt angekündigt.

Kurt: Ja, ich erinnere mich. Wann ist denn die Pressekonferenz?

Thomas: Am kommenden Freitag um zehn Uhr morgens.

Kurt: So, so.

Thomas: Ja, und dann kann ich mich endlich mal in Ruhe mit Elke unterhalten.

Kurt:	Ja, ja, sicherlich.
Thomas:	Sag mal, Kurt, möchtest du nicht in einer anderen Abteilung arbeiten? Zum Beispiel in meiner Abteilung *Für die Frau?* Dann kannst du selbst zu Novena gehen und mit Elke sprechen.
Kurt:	Also, jetzt habe ich genug. Hör endlich auf, über Elke zu reden. Ich kann das nicht mehr hören.
Thomas:	Aber Kurt, so habe ich das doch nicht gemeint. Entschuldige, bitte.
Kurt:	Ja, schon gut.
Thomas:	Kurt, sag mal, bist du sauer? Stimmt irgendetwas nicht? Ist was nicht in Ordnung mit Elke?
Kurt:	Ach, das kann ich dir nicht in zwei Sätzen erklären. Ich bin gerade auf dem Weg in die Kantine. Kommst du mit auf eine Tasse Kaffee?
Thomas:	Gut. Ich kann mir schon eine halbe Stunde Zeit nehmen. Gehen wir!

Kurt:	Also, die Sache fing so an. Elke und ich waren gute Freunde; sehr gute Freunde sogar. Und dann kam diese Sache mit der Sängerin aus der Bar.
Thomas:	Ja, ich erinnere mich. War da nicht eine Sache vor Gericht, und die Polizei behauptete, daß das Barmädchen Drogen gehabt hat?
Kurt:	Ja, so ähnlich. Die Polizei behauptete, daß das Mädchen Heroin verkaufte. Und die Detektive fanden ein Paket Heroin in ihrem Umkleidezimmer in der Bar.
Thomas:	Und hast du nicht damals herausgefunden, daß sie unschuldig war?
Kurt:	Naja, ich habe über sie geschrieben, und die Polizei hat dann nochmal genauer nachgeprüft.
Thomas:	Das war doch damals eine große Sache, nicht wahr?
Kurt:	Ja. Alle waren davon überzeugt, daß das Barmädchen schuldig war.
Thomas:	Aber du nicht, was?
Kurt:	Richtig. Irgendwie paßte die Geschichte nicht zusammen. Die Sängerin war ein einfaches Mädchen vom Lande. Sie hatte noch nie etwas mit Drogen oder mit der Polizei zu tun gehabt. Sie hatte auch nicht viel Geld und hat vor Gericht immer gesagt, daß sie unschuldig war.
Thomas:	Und war sie auch unschuldig?

Kurt: Ja. Die Polizei fand heraus, daß ein Kellner in der Bar der Drogenhändler war. Und der benutzte das Umkleidezimmer der Sängerin als Versteck für das Heroin.

Thomas: Und der böse Kellner kam ins Gefängnis. Aber was hat das alles mit Elke zu tun?

Kurt: Als ich damals den Artikel über die Sängerin schrieb, da mußte ich mich öfters mit der Sängerin unterhalten. Und weil sie tagsüber schläft und abends arbeitet, da mußte ich eben ein paarmal abends in die Bar gehen und das Mädchen interviewen.

Thomas: Und da war Elke eifersüchtig.

Kurt: Genau so war es. Elke wollte abends mit mir ausgehen; und ich mußte ihr sagen, daß ich abends arbeiten mußte.

Thomas: Hast du ihr gesagt, woran du arbeiten mußtest?

Kurt: Nein. Es sollte niemand wissen.

Thomas: Und dann hat sie es doch erfahren?

Kurt: Ja, wie alle. Sie hat es in der Zeitung gelesen, und war sauer, weil sie dachte, daß ich in die blonde Barsängerin verliebt war.

Thomas: Und nun?

Kurt: Also, in der letzten Woche — ich glaube am Mittwoch — da habe ich Elke abends angerufen. Ich wollte ihr eben alles erklären.

Thomas: Und, was hat sie gesagt?

Kurt: Sie hat gesagt, sie hat keine Zeit und sie will mich nicht mehr sehen.

Thomas: Und dann? Hast du ihr denn nicht gesagt, daß das ganze einfach ein Mißverständnis ist?

Kurt: Ja, schon. Und ich habe sie eingeladen, am Abend mit mir auszugehen, damit ich ihr in Ruhe alles erklären kann. Und weißt du, was sie da gesagt hat?

Thomas: Na?

Kurt: Sie hat gesagt, daß sie mir nicht glaubt und daß sie außerdem für den Abend schon eine Einladung hat.

Thomas: Hat sie gesagt, mit wem sie ausgeht?

Kurt: Nein, sie hat überhaupt nichts mehr gesagt. Sie hat einfach den Hörer aufgelegt.

Thomas: Ach, das hat sie sicher nur so gesagt, daß sie mit einem anderen ausgeht. Sie wollte dich nur eifersüchtig machen.

Kurt: Ja, das habe ich zuerst auch gedacht. Ich habe sofort einen Brief an sie geschrieben, und ich habe ihr einen Strauß Blumen geschickt.

Thomas: Und hast du auch versucht sie nochmal anzurufen?

Kurt: Ja, ich habe am Wochenende mehrmals angerufen, aber es meldete sich niemand. Vielleicht ist sie zu ihrer Mutter nach Hause gefahren.

Thomas: Kurt, soll ich dir einen Rat geben?

Kurt: Ja?

Thomas: Ruf sie jetzt gleich mal im Büro an. Sie hat deine Blumen und sie hat deinen Brief. Sie ist sicherlich auch nicht mehr böse. Und zumindestens wird sie dir eine Chance geben, alles zu erklären. Glaubst du nicht?

Kurt: Ja, das mache ich. Komm schnell, ich will gleich in mein Büro zurück und anrufen.

Thomas: Gut. Blumen und Telefonanrufe sind die beste Medizin für Liebeskummer.

Fragen

1. Was hat Kurt Zöllner an diesem Wochenende gemacht?
2. Warum schreibt Kurt seinen Zeitungsartikel nicht fertig?
3. Warum hat Thomas Faber einen Brief von Elke bekommen?
4. Warum ist Kurt sauer?
5. Warum ist die Barsängerin nicht ins Gefängnis gekommen?
6. Warum war Elke eifersüchtig?
7. Was hat Kurt nach seinem Anruf bei Elke getan?

18 Alarm in München

Frauenstimme:	Novena Kosmetik. Guten Tag!
Kurt:	Guten Tag. Bitte geben Sie mir das Vorzimmer von Direktor Kneibel.
Frauenstimme:	Vorzimmer Direktor Kneibel. Einen Augenblick, bitte.
Maria:	Novena Kosmetik — Vorzimmer Direktor Kneibel — Guten Tag!
Kurt:	Hier Kurt Zöllner. Kann ich bitte mit Fräulein Meierhöfer sprechen?
Maria:	Ah, guten Tag, Herr Zöllner. Ich erinnere mich an Sie von unserem letzten Betriebsfest. Ich bin Maria Leitner.
Kurt:	Ja, richtig, Fräulein Leitner. Jetzt erinnere ich mich auch.
Maria:	Herr Zöllner, ich muß Sie enttäuschen. Elke Meierhöfer ist leider nicht im Büro.
Kurt:	Oh, ist sie krank?
Maria:	Ich weiß nicht. Das ist eine eigenartige Sache. Ich weiß nicht, ob ich Ihnen . . .
Kurt:	Bitte sagen Sie mir, was los ist, Fräulein Leitner. Stimmt etwas nicht?
Maria:	Ich weiß es nicht; aber ich habe so ein komisches Gefühl. Die Elke ist nämlich am Freitag nach Wien gefahren; Dr. Kneibel hat ihr einen Tag freigegeben.
Kurt:	Ist sie denn allein gefahren?
Maria:	Nein. Wir haben hier einen neuen Herrn, einen Dr. Brunner. Der kommt aus Wien, und mit dem ist sie mitgefahren. Wissen Sie, auf ein langes Wochenende.
Kurt:	Oh, dann ist ja wohl alles in Ordnung.
Maria:	Eben nicht. Sie wollte nämlich heute morgen wieder zurück sein. Sie kam aber nicht. Nur ein Telegramm kam heute morgen.
Kurt:	Von Elke?
Maria:	Ja und nein. Dr. Brunner schickte ein Telegramm, daß sich Elke ein Bein gebrochen hat und daß sie eine Woche Urlaub haben möchte.
Kurt:	Mmmh, eigenartig.

Maria:	Ja, sehr. Elke weiß ganz genau, daß Dr. Kneibel solche Telegramme nicht haben will. Der Direktor will, daß man persönlich anruft.
Kurt:	Wenn sie sich ein Bein gebrochen hat, dann ist sie im Krankenhaus. Und in jedem Krankenhaus gibt es ein Telefon am Bett.
Maria:	Ja, und sie braucht doch auch den Schein von der Krankenkasse für das Krankenhaus in Wien. Ich habe ein ganz dummes Gefühl bei der Sache.
Kurt:	Ja, ich auch. Sagen Sie, Fräulein Leitner, haben Sie vielleicht Zeit für eine Tasse Kaffee?
Maria:	Ja, vielleicht in einer halben Stunde; dann habe ich Mittagspause.
Kurt:	Gut. Ich bin in einer halben Stunde in der kleinen Konditorei in der Sonnenstraße.
Maria:	Gut. Um halb eins dann. Auf Wiederhören!
Kurt:	Auf Wiederhören!
Kurt:	So, hier ist es: *Konditorei in der Sonnenstraße* . . . Ah, dort drüben sitzt sie. Guten Tag, Fräulein Leitner.
Maria:	Tag, Herr Zöllner.
Kurt:	Haben Sie lange gewartet?
Maria:	Nein, ich bin auch eben gerade gekommen.
Kurt:	Fein. Wollen wir uns ein schönes Stück Torte aussuchen.
Maria:	Ja, gerne.
Kurt:	Wissen Sie was? Bestellen Sie doch für mich ein Stück Schwarzwälder Kirschtorte mit Schlagsahne.
Maria:	Gut. Ich bin gleich wieder da . . . So, da bin ich wieder.
Kurt:	Gut, hier ist auch die Kellnerin. Fräulein!
Kellnerin:	Ja, bitte?
Kurt:	Was möchten Sie, Fräulein Leitner?
Maria:	Eine Tasse Kaffee, bitte.
Kurt:	Gut. Fräulein, bitte bringen Sie uns zwei Tassen Kaffee. Und hier sind die Nummern für unseren Kuchen. Und nun erzählen Sie mir bitte etwas über diesen Dr. Brunner, Fräulein Leitner.

Maria:	Also, der hat vor vier oder fünf Wochen bei uns angefangen. Er kommt aus Wien, ist Chemiker und arbeitet in der Abteilung für Qualitätskontrolle.
Kurt:	Und was hat er da mit Elke zu tun?
Maria:	Offiziell eigentlich nichts. Er hat ein paar mal angerufen und so. Wissen Sie, ich arbeite mit Elke im gleichen Büro. Da hört man eben so einiges mit.
Kurt:	Na, klar. Aber ging das schon lange so, daß der Brunner anrief?
Maria:	Nein. Und das hat mich eigentlich ein bißchen gewundert. Eigentlich kam er vor fünf oder sechs Tagen zum ersten mal in unser Büro.
Kurt:	Ja, und was noch?
Maria:	Letzte Woche, ich glaube das war am Mittwoch oder Donnerstag, da ist die Elke während der Mittagspause im Büro geblieben. Und wir gehen sonst immer zusammen zu Tisch.
Kurt:	Und warum ist sie nicht mitgegangen?
Maria:	Also, das habe ich sie auch gefragt. Und da hat sie gesagt, daß sie ein paar eilige Briefe schreiben mußte.
Kurt:	Aber das kann doch vorkommen.
Maria:	Das schon. Aber als ich wieder ins Büro kam, da saß sie an ihrer Schreibmaschine; aber sie hatte nur eine einzige Seite geschrieben. Und der Hausmeister hat den Dr. Brunner während der Mittagspause aus Elkes Büro kommen sehen.
Kurt:	Und haben Sie Elke danach gefragt?
Maria:	Ja, ich habe sie gefragt, ob sie Dr. Brunner gesehen hat. Und da hat sie *nein* gesagt.
Kurt:	Ist sie denn immer so heimlich gewesen.
Maria:	Nein. Das ist es ja gerade. Sie hat mir ganz offen erzählt, daß sie mit Brunner am Abend davor ausgegangen ist. Und auch, daß sie mit ihm nach Wien fahren wollte. Ich habe da einen ganz dummen Verdacht.
Kurt:	So?
Maria:	Ja. Aber darüber möchte ich gar nicht reden. Was mich nervös macht, das ist die Tatsache, daß Elke nicht selbst angerufen hat. Und wir wissen nicht einmal, wo sie ist. Keine Adresse. Nichts.

Kurt:	Fräulein Leitner, ich werde etwas unternehmen. Vielleicht ist sie in Gefahr. Wer weiß, was dieser Brunner für ein Kerl ist. Haben Sie denn überhaupt keine Adresse in Wien.
Maria:	Ich habe mir gedacht, daß Sie danach fragen werden. Und da habe ich in der Personalakte von Dr. Brunner nachgesehen. Hier ist seine Adresse in Wien.
Kurt:	Fräulein Leitner. Sprechen Sie mit niemandem über die Sache. Ich fahre sofort los und versuche, Elke zu finden. Sie hören von mir.
Maria:	Gut. Und viel Glück. Hoffentlich geht alles gut.
Kurt:	Wird schon. Fräulein!
Kellnerin:	Ja, bitte?
Kurt:	Bitte zahlen.
Kellnerin:	Bitte schön. Zwei Kaffee und zwei Kuchen. Geht das zusammen?
Kurt:	Ja.
Kellnerin:	Zwei Kaffee sind DM 2,60 — der Kuchen DM 4,00 — DM 6,60, bitte.
Kurt:	Hier. Bitte geben Sie mir auf DM 7,00 raus.
Kellnerin:	Zehn Mark. . . drei zurück. . . vielen Dank. Auf Wiedersehen!
Kurt und Maria:	Auf Wiedersehen!
Kurt:	Ich muß mich beeilen. Vielen Dank, Fräulein Leitner. Und ich rufe Sie an, sobald ich etwas weiß.
Maria:	Gut. Viel Glück!
Kurt:	Danke. Taxi, Taxi!

Fragen

1. Wo hat Maria Leitner den Journalisten kennengelernt?
2. Warum findet Maria es eigenartig, daß Elke ein Telegramm geschickt hat?
3. Wo wollen sich Kurt und Maria treffen?
4. Wie lange muß Maria auf Kurt warten?
5. Woher wußte Maria, daß Elke gelogen hat, als sie nicht mit Maria zum Essen gehen wollte?
6. Was für einen Verdacht hat Maria?
7. Woher hat Maria Xavers Adresse bekommen?
8. Wieviel Trinkgeld gibt Kurt der Kellnerin?

19 Die Jagd beginnt

Kurt: Jaja, ich sehe schon ein, daß der Chef nicht da ist. Aber ich kann nicht noch länger warten. Sagen Sie ihm ... Nein, ich kann nicht selbst ins Büro kommen. Ich fliege sofort nach Wien ... Was? Ob das dienstlich ist oder privat? Sagen Sie dem Chef, daß ich alles erkläre, wenn ich zurückkomme... Mitte der Woche spätestens, vielleicht schon eher... Ja, danke...Auf Wiederhören!... Reisebüro... Reisebüro ... ah, hier.

Stimme: Reisebüro Bavaria. Guten Tag.

Kurt: Guten Tag. Wann geht die nächste Maschine nach Wien?

Stimme: Nach Wien? Einen Moment, bitte. Ja, ich weiß nicht, ob Sie das noch schaffen. Ich habe hier einen Flug mit der Lufthansa um 14 Uhr 45, direkt.

Kurt: Gut. Bitte buchen Sie für mich einen Platz, Touristenklasse.

Stimme: Hin und zurück?

Kurt: Nein. Bitte nur einfach nach Wien. Auf den Namen Kurt Zöllner.

Stimme: Gut, geht in Ordnung, Herr Zöllner. Ihr Flugschein liegt für Sie bereit am Lufthansaschalter am Flughafen München-Riem.

Kurt: Vielen Dank. Auf Wiederhören.

Stimme: Auf Wiederhören und einen guten Flug.

Kurt: Schaffen wir das noch?

Taxifahrer: Na klar. Da vorn ist schon der Flughafen. Wann fliegen Sie denn ab?

Kurt: Meine Maschine geht um 2 Uhr 45. Ich muß aber noch meinen Flugschein abholen.

Taxifahrer: Nur die Ruhe. Sie haben ja kein Gepäck. Das schaffen Sie noch. So, hier sind wir schon.

Kurt: Was macht das, bitte?

Taxifahrer: DM 18,40, bitte.

Kurt: Hier sind 20. Der Rest ist für Sie.

Taxifahrer: Vielen Dank und guten Flug.

Kurt: Danke.

Stewardess:	Guten Tag, meine Damen und Herren. Willkommen an Bord Lufthansaflug 453 München – Wien. Die Flugzeit wird etwa 45 Minuten betragen, und wir werden um etwa 15 Uhr 30 in Wien-Schwechat landen. Bitte, bleiben Sie angeschnallt und rauchen Sie nur in den ersten fünf Sitzreihen. Im Namen von Flugkapitän Horner wünsche ich Ihnen einen angenehmen Flug.
Kurt:	Hmmh, jetzt sitze ich im Flugzeug nach Wien, und ich weiß nicht einmal, was ich da will. Elke finden. Ha, vielleicht will sie gar nicht, daß ich sie finde. Sie hat mir ja gesagt, daß sie mich nicht mehr sehen will. Ha, das kann eine schöne Geschichte werden. Ich sehe mich schon an ihrem Bett stehen, im Krankenhaus, und sie sagt: „Was wollen Sie eigentlich hier, Herr Zöllner?" Und dann dieser Doktor Brunner, dieser Giftmischer. Vielleicht sitzt der Kerl an ihrem Bett, wenn ich ins Krankenhaus komme. Und vielleicht sagt Elke dann: „Lieber Freund – oder wie sie ihn jetzt nennt – sag doch bitte Herrn Zöllner, daß er hier nicht gebraucht wird. Ha! Und dann prügele ich mich vielleicht noch mit dem Kerl. . . Aber irgendwie weiß ich, daß mich Elke braucht. Ganz bestimmt! Ich habe ein ganz dummes Gefühl. Irgendetwas ist nicht in Ordnung. Sie braucht mich. Vielleicht ist sie sogar in einer Notlage. . . Wie spät ist es denn? Aha, noch 35 Minuten Flugzeit bis Wien. Hmm, sie muß mir einfach zuhören. Ich liebe sie doch! Naja, vielleicht ist es ein Risiko, daß ich so einfach nach Wien fliege. Aber das ist mir die Sache schon wert; das ist Elke wert . . .
Elke:	Jetzt ist es sicherlich schon Nachmittag. Nichts zu essen. Ob die mich hier vergessen haben. . . Dieser Xaver – ha, und ich Schaf falle auf diesen Kerl herein. Da kommt dieser Kerl und macht mir ein paar billige Komplimente. Er geht mit mir aus. Und ich glaube ihm – „heute nacht werde ich von dir träumen", hat er gesagt – Ha! Der hat nur von den geheimen Dokumenten und vom Geld geträumt, dieser Verbrecher. Und ich dachte, er war in meine schönen blauen Augen verliebt. Ha! So dumm ist auch nur ein Mädchen mit Liebeskummer. Mmmh, da ist doch Kurt ein ganz anderer Mann. Und ich Schaf, ich habe zu ihm gesagt,

	daß ich ihn nie wiedersehen will. Ach, ich bin wirklich unfair gewesen. Eigentlich liebe ich ihn immer noch . . . Ah, da kommt er endlich. — Nein, das ist ja gar nicht der Xaver!
Otto:	Du brauchst keine Angst zu haben. Ich tue dir ja nichts.
Elke:	Wer sind Sie denn eigentlich? Was machen Sie hier?
Otto:	Ich bin der Zimmerkellner. Hier sind ein paar Brote, eine Thermosflasche Kaffee, und hier ist ein Topf Suppe.
Elke:	Haben Sie denn keinen Löffel mitgebracht?
Otto:	Ach so, natürlich; das habe ich beinahe vergessen. Hier ist der Suppenlöffel. Sonst alles in Ordnung?
Elke:	In Ordnung? Gar nichts ist in Ordnung. Ich will hier raus. Wann lassen Sie mich denn endlich aus diesem Loch raus?
Otto:	Ja, siehst du, das kann noch eine ganze Weile dauern.
Elke:	Aber ich muß doch wieder nach München zurückfahren. Ich muß doch ins Büro!
Otto:	Nun mal langsam, Mädchen. Das hast du dir wohl so gedacht. Spiel nur nicht die naive kleine Sekretärin.
Elke:	Was wollen Sie damit sagen?
Otto:	Du machst mir doch nichts vor. Du und dieser Brunner, ihr habt euch das prima ausgedacht: falsche Informationen bringen, das Geld einstecken, und dann schnell weg, bevor wir es merken. Das habt ihr euch so gedacht. So dumm sind wir nämlich nicht!
Elke:	Aber glauben Sie mir doch; ich habe mit der ganzen Sache nichts zu tun. Ich habe von allem nichts gewußt.
Otto:	Ja, so ist das immer. Wenn's zu spät ist, dann sind sie immer alle unschuldig. Aber das sage ich dir, wenn der Brunner nicht schnell die richtigen Sachen zusammenmixt, dann kommst du hier nie raus.
Elke:	Ach, das ist schrecklich. Ich habe wirklich nichts damit zu tun. Kann ich nicht wenigstens meine Mutter zu Hause anrufen. Sie weiß gar nicht, daß ich in Wien bin.
Otto:	Na, dann wollen wir sie auch gar nicht erst unruhig machen. Mensch, Mädchen, bist du aber naiv.
Elke:	Aber was soll ich denn nun machen?
Otto:	Iß die Suppe, bevor sie kalt wird. Und trink Kaffee; das ist gut für die Nerven. Hahaha.

Elke: Wieder allein. Und jetzt ist die Sonne schon weg. Bald wird es dunkel sein. Wieder eine Nacht im Dunkeln. . . Warte mal, das muß ich versuchen. Vielleicht kann ich mit dem Löffel den Lichtschalter erreichen. Aha, wenigstens das Licht kann ich jetzt anmachen. Mmmh, vielleicht kann ich das Licht an— und ausknipsen und damit ein Zeichen geben. Vielleicht sehen das die Nachbarn und holen die Polizei. Versuchen muß ich es . . .

Fragen

1. Wann wird Kurt wieder in München sein?
2. Wo kann Kurt seinen Flugschein abholen?
3. Wie heißt der Pilot des Flugzeugs, mit dem Kurt nach Wien fliegt?
4. Warum fliegt Kurt nach Wien?
5. Warum hat Elke ihrer Meinung nach dem Xaver vertraut?
6. Was bringt Otto für Elke in den Keller?
7. Warum darf Elke ihre Mutter nicht anrufen?
8. Wozu benutzt Elke ihren Suppenlöffel?

20 Detektiv in Wien

Lautsprecher: Flughafen Wien-Schwechat. Reisende aus dem Ausland bitte zur Zollabfertigung und Paßkontrolle. Busse zur Innenstadt stehen am Ausgang bereit. Taxis warten am Flughafengebäude links.

Zollbeamter: Grüß Gott! Haben Sie etwas zu verzollen?
Kurt: Nein.
Beamter: Haben Sie kein Gepäck?
Kurt: Nein, nur diese Aktentasche.
Beamter: Gut, danke. Die Paßkontrolle ist dort drüben.

Beamter: Ihren Paß, bitte.
Kurt: Hier ist mein Personalausweis.
Beamter: Aha, aus Deutschland. Einen Augenblick, bitte. Alles in Ordnung. Vielen Dank.
Kurt: Wo ist der Taxistand, bitte?
Beamter: Gleich da drüben, am Ausgang links.
Kurt: Danke.

Kurt: Sind Sie frei?
Taxifahrer: Ja, bitte schön der Herr. Wo fahren wir denn hin?
Kurt: Bitte zur Esterhazygasse.
Taxifahrer: Ah, drüben in Gumpendorf im sechsten Bezirk.
Kurt: Wie lange werden Sie brauchen?
Taxifahrer: Eine halbe Stunde. Das sehen wir dann schon, wenn wir da sind.
Kurt: Bitte warten Sie einen Augenblick. Ich will nur schnell nachsehen, ob ich die richtige Adresse habe.
Taxifahrer: Gut, ich warte.

Kurt: Hmmmh, der Name Brunner steht nicht an der Tür. Ich werde mal klingeln. Vielleicht wohnt er doch hier.

Frau:	Ja, bitte.
Kurt:	Guten Tag. Mein Name ist Zöllner. Ich suche nach einem Herrn Brunner; Dr. Xaver Brunner. Wohnt er hier?
Frau:	Ah, der Herr Brunner. Ja, der wohnt schon lange nicht mehr hier.
Kurt:	Also, dann hat er mal hier gewohnt? Früher?
Frau:	Ja, der Herr Brunner hat als Student hier gewohnt. Der studierte an der Universität — ich glaube Chemie oder so was. Ja, aber das ist schon ein paar Jahre her.
Kurt:	Wissen Sie, wo er jetzt wohnt?
Frau:	Leider nicht. Ich glaube seine, Großmutter wohnt in Wien und vielleicht auch seine Eltern. Aber ich weiß das nicht genau.
Kurt:	Das ist schade. Naja, vielen Dank. Auf Wiedersehen!
Frau:	Wiederschauen!

Kurt:	Hier wohnt mein Bekannter nicht mehr. Was machen wir jetzt? Mmmh, am besten fahren wir zur Universität. Vielleicht wissen die eine andere Adresse. Vielleicht die Adresse seiner Eltern oder seiner Großmutter.
Taxifahrer:	Gut. Bis zur Universität ist es nicht weit; nur etwas mehr als zwei Kilometer. Wo wollen Sie denn da hin?
Kurt:	Am besten zum Sekretariat.
Taxifahrer:	Ja, das ist alles drüben am Lueger-Ring. Dann man los, bevor die den Laden zumachen.
Kurt:	Können Sie wieder warten?
Taxifahrer:	Natürlich. Solange Sie Geld haben, so lange habe ich Zeit.
Kurt:	Gut. Ich hoffe es dauert nicht sehr lange. . . So. Nun habe ich sicher die richtige Adresse; die Adresse der Eltern meines Bekannten. Bitte fahren Sie nach Ottakring.
Taxifahrer:	Ja, wo denn da?
Kurt:	Die Adresse ist Römergasse 16.

Kurt:	Ich werde mal die Leute da drüben fragen. Entschuldigen Sie bitte!
Mann:	Ja?

Kurt:	Wohnt hier ein Dr. Brunner? Das Haus soll Nummer 16 sein.
Mann:	Ja, da sind Sie schon richtig. Aber die Brunners sind nicht da. Die sind auf Urlaubsreise.
Kurt:	Ich suche eigentlich nicht nach Brunners, sondern nach dem Sohn, Dr. Xaver Brunner.
Mann:	O, da haben Sie Glück. Der ist gerade zu Hause. Wissen Sie, der wohnt nämlich nicht mehr hier. Der wohnt jetzt in Deutschland.
Kurt:	Glauben Sie, daß er zu Hause ist?
Mann:	Ich weiß nicht — doch — sehen Sie, da drüben steht ein roter Volkswagen. Mit dem ist er vorige Woche gekommen. Ich glaube am Freitag. Ja, der ist sicherlich zu Hause.
Kurt:	Gut, vielen Dank.

Taxifahrer:	Na, haben Sie's jetzt gefunden.
Kurt:	Ja, alles klar. Wieviel macht das?
Taxifahrer:	Das sind 220 Schilling, bitte.
Kurt:	Hier sind 250. Bitte, behalten Sie den Rest.
Taxifahrer:	Oh, vielen Dank. Und noch schöne Tage in Wien, der Herr.
Kurt:	Ja, danke schön.

Kurt:	Mmmh, wie mache ich das jetzt am besten. Ach, ich gehe einfach hin und klingele. Wir werden schon sehen, was passiert. Eigenartig. Niemand zu Hause? Na, nochmal klingeln. Vielleicht hat er es nicht gehört. Hmmh, das ist ja komisch. Es wird schon langsam dunkel. Ich werde mal auf die Straße gehen und nachsehen, ob irgendwo im Haus Licht brennt. Nichts. Vielleicht gehe ich mal ums Haus herum. Vielleicht ist er in einem Zimmer mit einem Fenster nach hinten raus. Hier ist das Gartentor. Das ist auch ein schönes altes Stück. Mmh, ich kann absolut nichts sehen. Kein Licht; nichts. Hier ist die Rückseite des Hauses. Moment. Was ist das? Da spielt jemand mit dem Kellerlicht. An — aus — an — aus — an — aus. Jetzt ist es wieder dunkel. Da, da ist es wieder. An — aus. Das muß ich mir einmal genauer ansehen.

Fragen

1. Was zeigt Kurt dem Beamten auf dem Wiener Flughafen?
2. Wo liegt die Esterhazygasse?
3. Wann hat Xaver Brunner in der Esterhazygasse gewohnt?
4. Von wem will Kurt Xavers Adresse erfahren?
5. Wo sind Xavers Eltern?
6. Wie sieht Xavers Auto aus?
7. Warum geht Kurt in den Garten hinter dem Haus?

21 Der Spion kommt unter Druck

Xaver: So, jetzt muß ich das ganze noch auf 85° erhitzen... Hier ist der Bunsenbrenner ... Etwas schütteln ... aha, jetzt wird es dicker. So, jetzt muß der Farbwechsel kommen... Wieder nichts.

Karl: Na, wie sieht's aus? Was hast du herausgefunden, Xaver?

Xaver: Mmmh, es sieht nicht sehr gut aus. Ich habe das gleiche Experiment jetzt viermal gemacht. Und jedesmal dasselbe Ergebnis.

Karl: Und was ist das Ergebnis?

Xaver: Hier, du siehst es ja. Eine zähe Masse, eine Paste. Es erinnert an die Konsistenz von Lippenstift. Aber es wird einfach nicht rot. Es bleibt so grünlich-weiß wie dieses Zeug hier.

Karl: Und wo liegt der Fehler?

Xaver: An mir liegt es nicht. Ich habe die Mischung genauso gemacht, wie es hier in dem geheimen Dokument beschrieben ist. Und jedesmal habe ich das gleiche Ergebnis bekommen.

Karl: Das ist vielleicht ein gutes Resultat für den Wissenschaftler. Aber wir wollen ein kosmetisches Produkt haben. Und zwar nicht *irgendein* kosmetisches Produkt, sondern die Sensation von Novena.

Xaver: Ja, ja, das ist mir ja alles klar. Aber ich kann doch nicht zaubern. Ich bin schließlich kein Magier.

Karl: Wenn es nicht an dir liegt, Xaver, an wem liegt es denn dann? Etwa an uns?

Xaver: Natürlich liegt es nicht an euch. Es muß an der chemischen Formel liegen. Vielleicht fehlt etwas.

Karl: Du hast aber gesagt, daß alles komplett ist. Oder hast du uns vielleicht nicht alles gegeben? Irgendein fauler Trick? Ha? Los, sag's schon.

Xaver: Aber bestimmt nicht. Ich habe doch selbst Interesse daran, daß wir das Produkt finden. Ich will ja schließlich mein Geld haben.

Karl:	Nun hör mir einmal ganz gut zu, mein Lieber! Du hast eine halbe Million von uns bekommen für irgendwelche Dokumente, die du fotografiert hast. Und was haben wir? Eine grünlich-weiße Paste, die vielleicht ein Zirkusclown brauchen kann.
Xaver:	Ja, aber was soll ich denn machen?
Karl:	*Was* du machen sollst? Das weißt du ganz genau: du sollst das neue Novena-Produkt kopieren. *Wie* du das machst, das ist mir völlig egal.
Xaver:	Ja, dann muß ich vielleicht schnell nach München fahren und noch einmal die Dokumente prüfen.
Karl:	Hahaha — so dumm sind wir nicht, lieber Xaver! Glaubst du vielleicht, wir lassen dich so einfach losfahren. So ganz ohne Sicherheit?
Xaver:	Ihr habt doch das Mädchen hier, die Elke.
Karl:	Haha, du hast ja selbst gesagt, daß du sie nicht liebst. Warum sollst du denn dann wiederkommen? Nein, nein. Wir geben dir genau zwei Stunden Zeit.
Xaver:	Und was geschieht dann in zwei Stunden?
Karl:	Da gibt es zwei Möglichkeiten. Entweder du hast das neue Produkt gefunden. Dann bekommst du dein Geld und eine Flugkarte ins Ausland.
Xaver:	Und wenn ich das neue Produkt nicht gefunden habe?
Karl:	Ja, das ist dann die andere Möglichkeit.
Xaver:	Was heißt das?
Karl:	Da gibt es verschiedene Lösungen. Entweder machen wir dich kalt. Oder wir bringen dich nach Deutschland und übergeben dich der Polizei plus Beweise für deine Industriespionage.
Xaver:	Und was wollt ihr dann mit dem Mädchen machen?
Karl:	Oh, da haben wir auch eine gute Idee: wir können sie umbringen und das Ganze so aussehen lassen, als ob du der Mörder bist. Du siehst, es ist am besten, wenn du hier im Labor gute Resultate für uns hast.
Xaver:	Jaja, laß mich nur alleine, damit ich an die Arbeit gehen kann.
Karl:	Gut. Aber spar dir alle dummen Gedanken. Ich setze einen Mann mit einem Revolver vor die Tür.
Xaver:	Du denkst aber auch an alles.

Karl:	Ja, das muß man auch. Du siehst ja an dir selbst, was passiert, wenn man nicht an alles denkt. Also, in zwei Stunden dann!

Karl:	Pickel!
Pickel:	Ja?
Karl:	Du setzt dich hier auf den Stuhl und nimmst deine Kanone in die Hand. Wenn der Brunner etwa versucht zu fliehen, dann schießt du ihm ein Loch in den Bauch. Klar?
Pickel:	Klar.

Xaver:	In zwei Stunden ändert sich auch nichts an der chemischen Formel. Die Formel ist entweder falsch oder es fehlt etwas. Ich muß hier raus. Die Verbrecher bringen mich sonst um. Aber *wie* komme ich hier raus. Wenn ich ein Fenster aufmache, dann hört das der Kerl mit dem Revolver; und dann . . . Mmh, hier ist ein Radio. Vielleicht, wenn ich das Radio einschalte und Musik höre . . . Ja, wenn die Musik laut ist, dann verdeckt das die anderen Geräusche. Mal sehen, was geschieht.

Pickel:	Was ist denn hier los? Was soll denn der Krach?
Xaver:	Das ist kein Krach, sondern gute Musik. Ich habe zu arbeiten, und ich brauche Inspiration für meine Arbeit. Hat der Karl etwa verboten, daß ich Musik höre?
Pickel:	Nein, das hat er nicht gesagt.
Xaver:	Na also. Verschwinde und laß mich arbeiten.

Xaver:	Aha, das ist gut gegangen. Nun aber an die Arbeit. . . Wie komme ich hier raus? Ah, das Fenster ist offen und nicht vergittert. Mmmh, erster Stock . . . zu hoch zum Springen . . . Ah, hier ist ein Eisenrohr an der Wand. . . natürlich, der Blitzableiter . . . der geht bis runter auf die Erde . . . mal probieren . . . Ja, der scheint fest zu sein. . . Wenn jetzt einer kommt, dann ist alles vorbei. Aber das ist ein Berufsrisiko. Das ist ja ganz schön hoch. Aber da. Was ist das?

Da steht ja ein Wagen. Das ist bestimmt das Auto, mit dem sie mich hierher gebracht haben. Glück muß man haben, und einen Mercedes! Also, los! Hoffentlich ist der Wagen nicht abgeschlossen. . . Glück gehabt!. . . Sogar der Schlüssel steckt. Hoffentlich springt die Kiste an. . . Jetzt aber schnell, bevor sie mich fassen. . . Da kommen sie schon, zwei mit Pistolen. . . Glück gehabt. Diese Gangster sind nicht nur dumm. Sie können auch nicht schießen. Aha, hier ist die Straße, und da ist ein Schild *Wien 13 Kilometer.* Was haben wir denn hier im Handschuhkasten? Ha! Noch mehr Glück: ein Revolver, Geld. Nun aber schnell zum Haus. Ich brauche meine Aktentasche, meinen Reisepaß. Und dann ab ins Ausland. Ach ja, und da ist ja noch Elke. Kein Problem . . .

Fragen

1. Was für ein Resultat hat Xaver bei seinen Experimenten?
2. Was für einen *faulen Trick* vermutet Karl bei der Sache?
3. Warum bedeutet Elke keine Sicherheit für die Gangster, daß Xaver von München zurückkommen wird?
4. Was wollen die Gangster machen, wenn Xaver das richtige Produkt gefunden hat?
5. Was hat Pickel zu tun?
6. Warum will Xaver Musik hören?
7. Warum sagt Xaver, daß er Glück hat?
8. Was findet Xaver im Handschuhkasten des Mercedes?

22 Einbruch und Flucht

Kurt: Hier ist ein Kellerfenster... Im ganzen Haus kein Licht... Jetzt wieder... Das Licht geht an und aus, an und aus. Ich muß das Gitter abheben, damit ich an das Fenster herankomme... Ein bißchen dreckig hier. So, hier ist das Fenster... Auch dreckig. Das ist doch... nein... doch, das ist Elke... in einem Käfig. Jetzt ist alles egal!

Elke: (Schreckensschrei)

Kurt: Psst, Elke!

Elke: Kurt! Du? Oh, Kurt!

Kurt: Elke, was haben sie denn mit dir gemacht? Was ist los? Wo ist Brunner? Wie lange sitzt du denn schon hier?

Elke: Oh, Kurt. Ich bin so froh, daß du hier bist. Und ich erzähle dir alles — aber erst, wenn du mich hier rausgeholt hast.

Kurt: Oh, das habe ich ganz vergessen. Mal sehen, vielleicht kann ich die Latten mit einem Fußtritt brechen. Nein, das hat keinen Zweck. Die Latten sind zu dick. Vielleicht finde ich etwas im Keller — einen Hammer, eine Axt oder irgendetwas... Ah, hier — wie praktisch — eine richtige Säge. Na, der Rest ist bald geschafft. Jetzt sägen wir das Schloß aus der Tür. Nummer eins... Oh, da fällt mir gerade ein — ist jemand im Haus?

Elke: Nein, ich glaube nicht. Brunner war früh am Morgen hier, und dann kam am Nachmittag irgendein anderer Gangster.

Kurt: Ich bin eben doch ein schlechter Einbrecher. Aber ich glaube, wenn einer im Haus war, dann ist er entweder weggelaufen oder er ist taub.

Elke: Kurt, bitte...

Kurt: Oh, ja, entschuldige. Ich bin ja noch nicht fertig mit meiner Sägerei. Also, los! ... Geschafft!

Elke: Endlich! Oh, Kurt!

Kurt: Elke! Ich habe solche Angst um dich gehabt. Sag, ist alles in Ordnung? Kannst du laufen?

Elke: Ein bißchen steif bin ich schon. Aber laufen kann ich!

Kurt: Und was ist mit deiner Nase los?

Elke: Ach, mach dir keine Sorgen. Ich habe mir eine blutige Nase geholt. Das ist alles.

Kurt: Wenn ich diese Verbrecher erwische, dann...

Elke: Immer langsam, Kurt! Zuerst müssen wir aufpassen, daß die *uns* nicht erwischen.

Kurt:	Du hast recht, Elke. Wir müssen uns beeilen. Schnell! Wo sind deine Sachen?
Elke:	Ich weiß nicht, ob sie noch da sind. Aber sie waren in einem Zimmer oben im ersten Stock.
Kurt:	Gut. Also, schnell nach oben.
Elke:	Das ist das Zimmer. Ja, es scheint alles hier zu sein. Ich hatte noch gar nicht alles ausgepackt.
Kurt:	Gut. Pack deine Sachen zusammen. Ich gehe runter und schaue mich um. Vielleicht finde ich etwas Interessantes.
Elke:	Gut. Ich bin gleich fertig und komme nach.
Kurt:	Was haben wir denn hier? Das sieht ja aus wie eine Aktentasche. Hier steht es, ein Monogramm *Dr. X.B.* . . . Das muß Brunners Aktentasche sein. Mal sehen. . . Aha, interessante Papiere, Korrespondenz, Novena, Meyer Kosmetik Wien, das nehme ich mit. Und was haben wir denn hier? Sieht aus wie ein Autoschlüssel für einen VW — wer weiß, zu welchem Wagen der paßt. Na, mitnehmen. Man kann nie wissen. Moment mal. Hat der Mann draußen nicht gesagt, daß Brunners Auto vor dem Haus steht? . . .
Elke:	Kurt, wo bist du?
Kurt:	Hier im Wohnzimmer. Hast du alles?
Elke:	Ja. Komm schnell. Laß uns gehen!
Kurt:	Ja. Ich habe ein paar interessante Sachen gefunden.
Elke:	Du kannst das doch nicht einfach mitnehmen. Das ist doch Diebstahl!
Kurt:	Ich bin bereits ein Einbrecher. Warum soll ich dann nicht noch ein bißchen stehlen.
Elke:	Was hast du denn da?
Kurt:	Eine Aktentasche voller Papiere, die deinem Freund Brunner den Hals brechen werden.
Elke:	Mein Freund? Bestimmt nicht!
Kurt:	Hier haben wir einen Autoschlüssel. Sag mal, ist Brunners Auto ein Volkswagen?
Elke:	Ja, ein roter. Wieso?
Kurt:	Ich glaube, ich bin nicht nur ein Einbrecher und ein Dieb, sondern auch ein Autodieb.
Elke:	Aber Kurt; das können wir doch nicht. . .
Kurt:	Sollen wir vielleicht warten, bis Brunner wieder herkommt und ihn fragen, ob er uns nach München fahren möchte?

Elke: Natürlich nicht. . .
Kurt: Siehst du! Nun aber schnell. Raus hier und zum Wagen. Ich gehe zuerst. . . Elke! Die Luft ist rein. Schnell!

Elke: Da vorne ist ein Schild *Zur Autobahn St. Pölten, Linz, Salzburg.*
Kurt: Ich glaube, es ist besser, wenn wir nicht auf der Autobahn fahren.
Elke: Warum? Glaubst du, daß die Gangster uns verfolgen?
Kurt: Ich bin sicher. Wenn die herausfinden, daß du weg bist — befreit bist, dann überlegen die sich auch, daß du auf dem Wege nach München bist. Und wie?
Elke: Natürlich auf dem schnellsten Wege. Und das ist die Autobahn.
Kurt: Richtig. Außerdem habe ich keine Lust, mit dem kleinen Wagen etwas zu riskieren. Und ich bin auch hungrig und müde.
Elke: Gibt es nicht eine andere Straße in unserer Richtung.
Kurt: Ja, sicherlich. Aber wo?
Elke: Oh, Moment, Kurt. Auf der Herfahrt habe ich eine Karte gehabt. Die muß hier im Handschuhkasten sein. Mal nachsehen . . . Hier ist sie.
Kurt: Ich halte schnell mal an. Hier, das ist unsere Straße, Nummer 227. Am besten fahren wir nach St. Pölten, essen, tanken, und übernachten.
Elke: Wie weit ist denn das?
Kurt: Äh, ungefähr 60 Kilometer, also etwa eine Stunde Fahrzeit.
Elke: Gut. Und morgen früh fahren wir dann zeitig weiter, damit wir nach München kommen.
Kurt: Gut, abgemacht. Also, los dann. Erzähl mal, wie alles kam. . .

Fragen

1. Wie kommt Kurt an das Kellerfenster heran?
2. Wann will Elke Kurt alles erzählen?
3. Wie öffnet Kurt die Tür zum Kartoffelkeller?
4. Wobei hat sich Elke eine blutige Nase geholt?
5. Was findet Kurt in Xavers Aktentasche?
6. Warum will Kurt nicht auf der Autobahn nach München fahren?
7. Was wollen Kurt und Elke in St. Pölten machen?

23 Der betrogene Betrüger

Xaver: Dieser Nieselregen — man kann kaum etwas sehen. Die Straße sieht beinahe schwarz aus. Aufpassen. Langsam fahren. Halt, da ist schon die Römergasse. Am besten lasse ich den Wagen hier stehen und parke nicht direkt vor dem Haus. So, rechts ab in die Lienfeldergasse. Gut, daß ich den Revolver habe; wenn die Kerle mich verfolgen, dann kann ich sie mit ihrem eigenen Revolver erschießen. Ja, meinen Hausschlüssel haben die Kerle von Meyer Kosmetik. Da muß ich mal sehen, wie ich ins Hause komme. Vielleicht ist der Schlüssel noch im Versteck im Garten, wo er immer war.

Mann: Guten Abend, Xaver!

Xaver: Guten Abend, Herr Gerl! Da haben Sie mich aber ganz schön erschreckt. Ich hatte Sie gar nicht gesehen.

Mann: Oh, das tut mir leid. Wissen Sie, Xaver, ein alter Mann hat viel Zeit. Ich stehe oft vor der Haustür.

Xaver: Ja, natürlich.

Mann: Schade, daß wir so schlechtes Wetter haben. Oh, übrigens, vor etwa einer Stunde kam ein junger Mann mit einem Taxi. Er hat nach Ihnen gefragt. Haben Sie ihn gesehen?

Xaver: Nein. . . äh, das heißt, ja natürlich. Ein Bekannter von mir. Entschuldigen Sie, Herr Gerl. Ich muß schnell nach Hause. Auf Wiedersehen!

Mann: Ja, auf Wiedersehen, Xaver, und alles Gute!

Xaver: Ja, danke.

Xaver: Ein junger Mann mit einem Taxi. . . Nein, die Polizei ist das nicht. Vielleicht einer von der Bande? Nein, Herr Gerl hat ja gesagt, daß das vor einer Stunde war; da war ich ja noch im Labor in der Villa. Weiß der Teufel, wer das war. Jetzt aber vorsichtig. Am besten nehme ich den Revolver in die Hand. Das sieht ja so aus, als ob . . . ja, wahrhaftig, die Haustür steht einen Spalt offen. Was das wohl zu bedeuten hat? Los, rein ins Haus. . . Alles still. . . Scheint niemand hier zu sein. Aber da, was ist das? Hat da jemand das Licht im Keller angelassen? Sicher einer von Karls Leuten. . . Alles ruhig im Keller. . . Scheint niemand unten zu sein, außer Elke natürlich. Die schläft sicherlich. Na, von mir aus kann die hier für immer schlafen. Was ist das? Die Tür zum Kartoffelkeller offen. . . Das Schloß herausgesägt. Verflixt, da hat jemand eingebrochen. Die Leute von Meyer. . . Nein, die haben ja meinen Schlüssel. Also jemand anderes. Jetzt aber schnell nach oben. Ich brauche meine Aktentasche und meinen Paß. Und dann los, bevor die Kerle draußen in der Villa einen Wagen finden und mich einholen. . . Gut, hier ist meine Jacke, und hier ist mein Reisepaß. Hmmh, wo sind die Autoschlüssel. Habe ich die nicht in meiner Jacke gelassen? Nein, hier sind sie nicht. Aha, wahrscheinlich in meiner Aktentasche. Wo ist die denn? Ich hatte sie doch hier oben in meinem Zimmer. Mmmh, eigenartig, ich habe sie doch nicht unten gelassen. Schnell nachschauen. . . Ich werde verrückt. Meine Aktentasche ist nicht da. Alle meine Papiere sind da drin; und meine Autoschlüssel auch. Ob vielleicht einer aus München die Elke befreit hat? Und dann sind sie mit meinem Wagen. . . Schnell nachsehen. . . Hier hatte ich den Volkswagen geparkt. Ich sehe ja auch noch die Umrisse auf der Straße. Die sind also losgefahren, nachdem der Nieselregen anfing. Da können sie noch nicht weit sein. Mit dem Mercedes hole ich sie schnell ein. Jetzt aber los! . . . Ich muß sie einholen, ich muß sie einfach einholen. Ich muß meine Aktentasche haben. Und ich muß das Mädchen ausschalten. Die weiß zuviel. So, hier rechts ab zur Autobahn nach Salzburg. Da ist die Grenze. Und ich habe sie immer noch nicht überholt. Das ist einfach unmöglich. So schnell können die doch gar nicht fahren mit meinem Volkswagen. Ich bin doch die ganze Zeit 150 und 160 gefahren. Die haben bestimmt irgendwo Pause gemacht, und ich bin an ihnen vorbeigefahren. Na, am besten fahre ich über die Grenze, bevor die Polizei weiß, daß der Mercedes gestohlen ist.

Österreichischer
Grenzpolizist: Grüß Gott! Den Paß, bitte!
Xaver: Hier, bitte schön.

Grenzpolizist:	Danke. Sie können weiterfahren. Gute Fahrt!
Deutscher	
Grenzpolizist:	Grüß Gott! Ihren Ausweis, bitte!
Xaver:	Hier, bitte!
Grenzpolizist:	Danke, in Ordnung. Haben Sie etwas zu verzollen?
Xaver:	Nein.
Grenzpolizist:	Gut. Alles in Ordnung. Gute Fahrt!
Xaver:	Danke.

Grenzpolizist: Der ist wohl verrückt. Der fährt wie ein Wildschwein; jetzt überholt er auch noch — und das in der Überholverbotszone. Gustl!

Gustl: (anderer Grenzpolizist): Ja, was gibt's?

Grenzpolizist: Gib mal über Funk an alle durch: schwarzer Mercedes mit österreichischem Kennzeichen, Fahrer allein, Geschwindigkeitsüberschreitung, rücksichtsloser Fahrer. Fahrtrichtung Bad Reichenhall, München.

Gustl: Geht in Ordnung.

Xaver: Ganz klar. Die sind irgendwo hinter mir. Am besten stelle ich mich auf einen Parkplatz und warte. Ungefähr 30 Kilometer bis zur Abfahrt Traunstein. So, jetzt warte ich bis sie kommen. Mensch, bin ich müde.

Fragen

1. Wo parkt Xaver den Mercedes der Gangster?
2. Woher weiß Xaver, daß „der junge Mann mit dem Taxi" nicht einer von den Gangstern gewesen ist?
3. Warum glaubt Xaver, daß Elke noch im Keller ist?
4. Warum kann Xaver seine Autoschlüssel nicht in seiner Jackentasche finden?
5. Wie kann Xaver wissen, daß Elke und Kurt noch nicht lange weg sind?
6. Warum ist es so wichtig für Xaver, daß er Elke und Kurt noch einholt?
7. Warum gibt der deutsche Polizeibeamte eine Funkmeldung durch?
8. Wo will Xaver auf Kurt und Elke warten?

24 Schüsse auf der Autobahn

Xaver: Oh, verdammt. Ich bin eingeschlafen. Es ist schon hell draußen. Wie spät ist es denn? Was, schon beinahe zehn Uhr. Was mache ich denn nun? Elke und ihr Befreier. . . die sind sicherlich schon längst vorbei. Frische Luft brauche ich. . . Erst mal richtig aufwachen! Was ist denn das da drüben? Ein roter Volkswagen. Sehe ich vielleicht Gespenster? Nein, der hat ja österreichische Nummernschilder. Und da ist ein blondes Mädchen drin. Und einer am Steuer. Das müssen sie sein. Kein Zweifel. Das sind sie. Jetzt aber los.

1. Polizist: Hast du das gesehen? Der fährt ja wie ein Wahnsinniger. Schwarzer Mercedes, ein Österreicher.

2. Polizist: Da war doch eine Meldung letzte Nacht vom Grenzposten. Vielleicht ist das der.

1. Polizist: Ja, vielleicht. Aber wir stoppen ihn am besten, bevor er sich oder andere Leute umbringt. Also, los!

2. Polizist: Soll ich Blaulicht und Martinshorn einschalten?

1. Polizist: Nein, warte noch. Aber rufe Peter 13; die sind 30 Kilometer weiter bei Bernau.

2. Polizist: Klar. Peter 13 für Peter 9, Peter 13 für Peter 9. Kommen.

Stimme: Peter 13.

2. Polizist: Peter 9 verfolgt schwarzen Mercedes, österreichisches Kennzeichen, Fahrer allein, Autobahnabfahrt Traunstein Richtung Bernau. Hohe Geschwindigkeit. Kommen.

Stimme: Verstanden. Wir warten. Kommen.

2. Polizist: Danke. Ende.

Kurt: Jedenfalls sind wir wieder in Deutschland. Und in einer guten Stunde sind wir in München.

Elke: Jetzt fühle ich mich wieder sicherer. Vielleicht ist es auch das Tageslicht. Bei Nacht ist alles so unheimlich.

Kurt: Na, das ist alles bald vorbei.

Elke: Wo ist wohl der Doktor Brunner jetzt? Der hat sicher ein dummes Gesicht gemacht, als er seinen Kartoffelkeller leer fand.

Kurt: Und wahrscheinlich hatte er keine guten Worte für uns, als er herausfand, daß seine Aktentasche und sein Wagen weg waren. Wenn die Polizei die Papiere in die Hände bekommt, dann ist es

	für den Herrn Doktor mit der frischen Luft vorbei.
Elke:	Dann kommt der Herr Doktor in den Kartoffelkeller. Ich habe aber immer noch ein dummes Gefühl. Vielleicht verfolgt er uns doch. Und was machen wir dann?
Kurt:	Wenn man vom Teufel redet, dann kommt er. Ich sehe im Rückspiegel einen schweren, schwarzen Wagen, der dauernd die Lichthupe benutzt. Kannst du sehen, ob der ein österreichisches Nummernschild hat?
Elke:	Wie sehen die denn aus?
Kurt:	Schwarz mit weißer Schrift.
Elke:	Ich glaube ja; ja, ein Österreicher. Und es sitzt nur der Fahrer im Wagen. Kurt, ich habe Angst.
Kurt:	Beobachte ihn weiter, Elke. Versuche, den Fahrer zu erkennen. Ist das der Brunner?
Elke:	Ja, ich kann den Fahrer noch nicht erkennen. Kurt, fahr schneller!
Kurt:	Ich fahre ja schon 130 Sachen. Mehr gibt die Kiste ja nicht her.
Elke:	Er holt auf; jetzt ist er nur noch 200 Meter hinter uns. Ich glaube es ist Brunner. Tu doch irgendwas, Kurt!
Kurt:	Vielleicht kann ich hier über die Wiese von der Autobahn runterfahren. Das ist das einzige. Halt dich fest!
Elke:	Paß auf, Kurt, da liegt ein Baumstamm. Fahr rechts vorbei.
Kurt:	Ja; o weh, da ist ein Baumstumpf. Gleich kracht's. Festhalten!
Elke:	Oh Kurt, jetzt ist alles vorbei!
Kurt:	Noch nicht. Hast du dir wehgetan?
Elke:	Nein, alles in Ordnung.
Kurt:	Los, Elke! Schnell raus. Wir rennen zum Wald; da findet er uns nie.
Elke:	Kurt, da ist er. Da vorne. Er hat eine Pistole.
Xaver:	Kommt sofort her! Aber schnell! Sonst knallt's. Los, beeilt euch!
Kurt:	Ja, Elke, es ist aus. Er hat eine Pistole, wir haben nichts. Gehen wir.
Stimme:	Halt, Polizei! Die Waffe weg, oder wir schießen!
Kurt:	Elke, wirf dich auf den Boden, schnell!
Elke:	Kurt, sieh doch!
Kurt:	Ja, es hat ihn an der Schulter erwischt. Jetzt läßt er die Pistole fallen. Er fällt. Hurra, wir sind gerettet!
1. Polizist:	Los, lauf rüber und nimm ihn fest.
2. Polizist:	Ja. Der hat genug.

1. Polizist:	Grüß Gott! Wachtmeister Hanser. Wer sind Sie und was ist hier los?
Elke:	Ich bin so froh, daß Sie gekommen sind. Sie haben uns das Leben gerettet.
Kurt:	Ja, wirklich. Vielen Dank. Ich bin Kurt Zöllner, Reporter beim *Münchner Merkur*.
Elke:	Und ich bin Elke Meierhöfer aus München.
1. Polizist:	Sind Sie verletzt?
Kurt:	Nein, nein; uns ist glücklicherweise nichts passiert.
1. Polizist:	Was ist denn eigentlich los? Warum hat Sie der Mann da drüben mit der Pistole bedroht? Kennen Sie ihn?
Elke:	Ja. Das ist ein gewisser Dr. Brunner aus Wien, der bei Novena in München arbeitet. Er hat Spionage getrieben. Aber das ist eine lange Geschichte.
2. Polizist:	Er hat einen Schuß in die Schulter bekommen; nicht gefährlich.
Xaver:	Ich verlange, daß Sie sofort den österreichischen Botschafter anrufen. Ich bin Österreicher. Außerdem brauche ich einen Arzt.
1. Polizist:	Soso, der Herr ist Österreicher. Aber er fährt wie ein Verrückter und schießt auf deutsche Polizisten. Und nun will er den österreichischen Botschafter sprechen. Der wird sich aber freuen.
2. Polizist:	Was soll ich denn mit ihm machen?
1. Polizist:	Bring ihn zum Streifenwagen und mach ihm einen Verband. Und dann rufst du Peter 13. Die sollen ihn abholen und nach Traunstein bringen.
2. Polizist:	Geht in Ordnung. Los, vorwärts!
Kurt:	Was wird denn mit uns?
1. Polizist:	Ja, ich werde einen Abschleppwagen rufen, der ihr Auto rauszieht und abschleppt.
Kurt:	Das ist gar nicht mein Wagen; der gehört dem anderen da drüben.
1. Polizist:	Also, das ist zu kompliziert für mich. Wem gehört denn dann der schwarze Mercedes da drüben?
Kurt:	Das weiß ich nicht; aber wahrscheinlich ist er gestohlen.
1. Polizist:	Naja. Ich nehme Sie jetzt mit zur Polizeistation in Traunstein. Und dann erzählen Sie mir die ganze Geschichte vom Anfang bis zum Ende.
Kurt:	Aber die Aktentasche hier müssen wir mitnehmen, damit Sie uns die Geschichte auch glauben.
1. Polizist:	Gut. Dann wollen wir mal gehen.
Xaver:	Au! Sie tun mir ja weh.

2. Polizist: Ach, beißen Sie man die Zähne zusammen. Ein richtiger Cowboy fühlt keinen Schmerz.

Elke: Oh, Xaver, vielen Dank für das schöne Wochenende in Wien. Die Österreicher sind wirklich sehr charmant.

Fragen

1. Warum flucht Xaver, als er am Morgen aufwacht?
2. Warum folgt der Streifenwagen *Peter 9* Xavers Mercedes?
3. Warum fühlt sich Elke jetzt wieder sicherer?
4. Wie sehen die österreichischen Nummernschilder aus?
5. Wie will Kurt seinem Verfolger entkommen?
6. Wo wird Xaver bei der Schießerei mit der Polizei verletzt?
7. Was soll der andere Polizist mit Xaver machen?
8. Wohin fahren Kurt und Elke am Ende der Episode?

25 Rote Rosen, rote Lippen

Maria:	Elke und Kurt, herzlichen Glückwunsch zur Verlobung. Elke, deine roten Rosen sind zauberhaft schön.
Elke:	Danke, Maria. Du hast ja mitgeholfen, daß wir jetzt Verlobung feiern können.
Kurt:	Ja, richtig. Du hast mir alles gesagt, was ich zum Detektivspielen brauchte.
Maria:	Und ich bin froh, daß alles so gut gegangen ist; und auch, daß du wieder im Büro bist, Elke. Es ist nicht leicht, Dr. Kneibels Sekretärin zu sein.
Dr. Kneibel:	Sprechen Sie vielleicht über mich?
Elke:	Ehrlich gesagt, ja. Maria und ich haben festgestellt, daß Sie ein schwieriger Chef sind.
Dr. Kneibel:	Schwierig, ja, aber nicht nur für Sie als Sekretärinnen; auch die Konkurrenz in Wien hat das herausgefunden.
Kurt:	Ja, das kann man wohl sagen.
Thomas Faber:	Der neue Lippenstift hat aber auch wie eine Bombe eingeschlagen. Unglaublich: ein Lippenstift, der bei wechselndem Licht seinen Farbton ändert.
Dr. Kneibel:	Eine Bombe vielleicht; aber nicht unglaublich. Schauen Sie sich einmal die schönen Lippen unserer Braut an.
Elke:	Das ist unfair. Verraten Sie doch nicht alle meine Geheimnisse!
Dr. Kneibel:	Na, von Geheimnissen und vom Verraten von Geheimnissen wollen wir mal eine Weile nicht reden. Das war aufregend genug.
Kurt:	Nur gut, daß Sie die Formel für den Farbstoff nicht im Panzerschrank der Firma hatten, sondern in der Bank.
Dr. Kneibel:	Ja, man kann nicht vorsichtig genug sein.
Elke:	Das habe ich auch gelernt. Ich werde nie wieder einem Mann vertrauen, der mir Komplimente macht.
Thomas:	Zeitungsreporter sind da hoffentlich nicht eingeschlossen.
Maria:	Ja, besonders nicht so erfolgreiche Reporter wie dein Verlobter.
Dr. Kneibel:	Oh ja, Herr Zöllner, ich habe von Ihrer Beförderung zum Abteilungsleiter gehört. Herzlichen Glückwunsch. Wie kam das denn so schnell?
Kurt:	Vielen Dank für Ihre Glückwünsche. Also, zuerst wollte

	mich mein Chef rauswerfen, weil ich einfach nach Wien geflogen bin, anstatt meinen *Bericht aus dem Gerichtssaal* zu schreiben.
Dr. Kneibel:	Ja, und dann?
Kurt:	Dann hat er aber meinen Exklusivbericht über Dr. Brunners *Geheime Mission* gelesen.
Maria:	Und dann?
Kurt:	Dann hat er mir das Geld für die Flugkarte gegeben und gesagt, daß der Flug nach Wien meine *Geheime Mission* war; und dann hat er mich befördert.
Elke:	Das war aber mehr meinetwegen als seinetwegen.
Thomas:	Wie soll ich denn das verstehen?
Elke:	Na, als Abteilungsleiter braucht er nicht mehr selbst herumzulaufen und in *geheimer Mission* das Privatleben von Barsängerinnen zu untersuchen.
Thomas:	Was ist denn eigentlich aus Ihrem Doktor Brunner geworden, Herr Dr. Kneibel?
Dr. Kneibel:	Ja, also *mein* Doktor Brunner ist er schon lange nicht mehr. Die Polizei hat ihn im Gefängnis.
Kurt:	Ja, und nächste Woche ist die Gerichtsverhandlung wegen Industriespionage.
Elke:	Hat denn der österreichische Botschafter etwas für ihn getan?
Kurt:	Als der Botschafter erfuhr, was für ein feiner Vogel der gute Doktor Brunner war, da hat er nur noch die österreichische Polizei auf die Spur gesetzt. Und die haben ein paar von Meyers Leuten verhaftet.
Maria:	Und was wird mit Doktor Brunner?
Kurt:	Zunächst wird er wohl hier in Deutschland ins Gefängnis kommen. Und wenn er damit fertig ist, dann warten bereits die Gerichte in Österreich auf ihn: Industriespionage, Freiheitsberaubung, unerlaubter Waffenbesitz, Autodiebstahl und noch ein paar andere Sachen, die er früher gemacht hat.
Thomas:	Was hat denn eigentlich die deutsche Polizei mit euch beiden gemacht, als sie euch auf der Autobahn bei Traunstein gerettet hat?
Elke:	Ja, wir haben ihnen natürlich die ganze Geschichte erzählt. Aber sie haben uns kein Wort geglaubt. Und Kurt hat eine Verwarnung bekommen und mußte 50 Mark bezahlen.
Thomas:	Warum denn das?

Elke:	Weil er von der Autobahn abgefahren ist, ohne eine Ausfahrt zu benutzen. Ja, und dann haben sie uns nach München gebracht.
Maria:	Und hier in München hat die Polizei die Geschichte geglaubt?
Kurt:	Zuerst auch nicht. Aber dann haben sie Brunners Aktentasche aufgemacht. Und dann sah die Sache schon anders aus.
Dr. Kneibel:	Was war denn in der Aktentasche drin?
Kurt:	Eine ganze Sammlung von Fotokopien — alles chemische Formeln und technische Informationen über die Produktion bei Novena. Und außerdem hatte er sein Tagebuch in der Aktentasche.
Maria:	Und was stand da drin? Liebesgeschichten?
Kurt:	Kaum. Brunner hat bereits seit zwei Jahren als Industriespion gearbeitet, und er hat alle Einzelheiten in sein Tagebuch eingetragen.
Thomas:	Ja, dann ist seine *Geheime Mission* wirklich vorüber.
Dr. Kneibel:	Und die Geheimnisse zwischen unseren jungen Leuten sind auch alle vorüber. Bitte, trinken Sie mit mir auf das Glück des Brautpaares. Sie leben (alle:) hoch — hoch — hoch!

Fragen

1. Wie hat Maria geholfen, daß Elke und Kurt ihre Verlobung feiern können?
2. Warum ist Dr. Kneibel auch ein schwieriger Mann für die Konkurrenz?
3. Warum ist der neue Lippenstift von Novena etwas Besonderes?
4. Warum sagt Elke, daß sie nie wieder einem Mann vertrauen will, der ihr Komplimente macht?
5. Was hat Kurts Chef getan, als der Journalist wieder aus Wien zurückkam?
6. Warum freut sich Elke besonders über Kurts Beförderung?
7. Was wird mit Dr. Brunner geschehen?
8. Warum mußte Kurt bei der Polizei in Traunstein 50 Mark bezahlen?
9. Was hat Dr. Kneibel am Ende der Episode getan?

Vocabulary

All nouns listed in the vocabulary indicate both the singular and plural forms. *Example: der Anfang, ⁻ e.* The strong or irregular verbs also show the vowel changes in the past and perfect tense. *Example: fahren (u,a).* The vowels in parentheses indicate that the past tense form of *fahren* is *fuhr* and the perfect form (past participle) is *gefahren.*

A

ab und zu now and then
abblitzen to brush off, snub s.o.
der Abend, -e evening
abends in the evening
aber but
abfahren (u,a) to start, leave
die Abfahrt, -en departure
abfliegen (o,o) to take off
abhalten, eine Konferenz (i,a) to hold a
   conference
abhängen von (i,a) to depend on
abheben (o,o) to take off
ablecken to lick off
ablegen, den Mantel to take off the coat
abmachen, eine Sache to settle a matter
abnehmen, den Hörer (a,o) to lift up the
   receiver
die Abneigung, -en dislike
abschleppen to tow away
der Abschleppwagen, — tow truck
abschließen to lock
   eine Sache abschließen to conclude a matter
absolut absolute
die Abteilung, -en department
der Abteilungsleiter,— head of the department
ach so oh, I see
acht eight
achte, der the eighth
achten auf to take care of
achtzehn eighteen
achtzehnte, der the eighteenth
ächzen to moan, groan
die Adresse, -en address
die Affäre, -en affair
ähnlich similar, alike
die Aktentasche, -n briefcase
Akzent, -e accent
akzeptieren to accept, honor
der Alarm, -e alarm
alle all
allein alone
allerdings certainly
allerspätestens not later than
als than
also therefore
als ob as if
alt old

altmodisch old fashioned
am (an dem) on the, at the
der Amateur, -e amateur
am besten best
amerikanisch American
an on, at
der Andere the other
ändern to change
anders otherwise
der Anfang, ⁻e beginning, start
anfangen (i,a) to begin, start
der Anfänger, — beginner
angenehm agreeable, pleasant
die Angst, ⁻e fear
anhalten (ie,a) to stop
der Anhänger, ⁻ trailer
anknipsen to switch on, turn on
ankündigen to announce
anlassen (ie,a) to keep on, leave on
anmachen to light, turn on
annehmen (a,o) to accept, to suppose, assume
anonym anonymous
anprobieren to try on
anrufen (ie,u) to call
anscheinend apparently
der Anschluß, ⁻sse connection
anschnallen to buckle up
anschwellen (o,o) to swell
ansehen (a,e) to look at
anspringen (a,u) to start (motor)
anstarren to stare at
anstatt instead of
anstoßen, die Gläser to toast
die Antwort, -en answer
der Apfel, ⁻ apple
der Appetit appetite
die Arbeit, -en work
arbeiten to work
ärgerlich angry
das Argument, -e argument
der Ärmel, — sleeve
die Art, -en kind
der Artikel, — article
der Arzt, ⁻e medical doctor
atmen to breathe
auch also, too
auf on, upon

aufdrehen, den Motor to step on the gas
aufhalten (ie,a) to check, stay, delay
aufhängen (i,a) to hang up
aufholen to catch up, close the gap
aufhören to stop
auflegen, den Hörer to hang up the receiver
aufmachen to open
aufmerksam attentive, courteous, kind
die Aufnahme, -n photo, picture
aufpassen to watch, pay attention
sich aufregen to get upset, get excited
aufregend exciting, disturbing
aufstehen (a,a) to get up
aufwachen to wake up
das Auge, -n eye
die Augenbinde, -n bandage, blindfold
der Augenblick, -e moment
der August August
aus out of, from
die Ausfahrt, -en exit
der Ausgang, ‥e exit
ausgehen (i,a) to go out
ausgerechnet just, exactly
ausgezeichnet excellent
aushalten (ie,a) to bear, endure, stand
sich auskennen (a,a) to know one's way around
ausknipsen to switch off
das Ausland foreign country
der Ausländer, — foreigner
ausliefern to extradite
der Auslöser release, shutter release
ausnutzen to take advantage of
auspacken to unpack
ausrechnen to calculate, figure out
ausschalten, das Licht to turn off the light
ausschalten, eine Person to eliminate a person
ausschenken to pour out
ausschließen (o,o) to exclude
aussehen wie (a,e) to look like
außen outside
außer except, aside from
außerdem besides
außerhalb outside
aussteigen (ie,ie) to get off
aussuchen to select, choose, pick
der Ausweis, -e identification card
das Auto, -s car
die Autobahn, -en freeway
die Autobahnabfahrt, -en freeway exit
der Autobus, -se bus
der Automat, -en automat, vending machine
die Axt, ‥e ax

B

baden to bathe, take a bath
die Bahn, -en railroad, train
der Bahnhof, ‥e station
bald soon
die Bande, -n band, gang
die Bank, -en bank
die Bank, ‥e seat, bench
die Bar, -s bar
das Barmädchen, — barmaid
die Barsängerin, -nen bar singer
die Batterie, -n battery
der Bauch, ‥e stomach
der Baumstamm, ‥e tree trunk, stem
der Baumstumpf, ‥e tree stump
bayerisch Bavarian
der Beamte, -n official
beantworten to answer
bedeuten to signify, mean
die Bedienung, -en service
bedrohen to threaten
sich beeilen to hurry up, hustle
befördern to promote
die Beförderung, -en promotion
befreien to free, liberate
der Befreier, — liberator
sich befreunden to make friends with
begehen (i,a) to do
beginnen (a,o) to begin
behalten (ie,a) to keep
die Behandlung, -en treatment
behaupten to maintain, contend
bei at, near by
beide both
das Bein, -e leg
beinahe almost
der Beinbruch, ‥e fracture of the leg
zum Beispiel for example
beißen (i,i) to bite
der Bekannte, -n acquaintance
bekommen (a,o) to get
belegen to prove
benutzen to use
das Benzin, -e gasoline
beobachten to observe
bereits already
der Berg, -e mountain
der Bericht, -e report
der Beruf, -e profession, job
sich beruhigen to calm down, cool off
berühmt famous
der Bescheid, -e answer, reply
bescheiden modest
sich beschweren to complain

die Besichtigung, -en inspection
besonders especially
die Besprechung, -en discussion, conference
besser better
das beste the best
bestellen to order
bestimmt certainly
betragen (u,a) to amount to
betreffen (a,o) to concern
betrügen (o,o) to deceive, cheat
der Betrüger, — swindler
betrunken drunk, intoxicated
das Bett, -en bed
die Bettwäsche bed linen
bewegen to move
der Beweis, -e proof, evidence
beweisen to prove
bewundern to admire
bezahlen to pay
die Bezahlung, -en payment
beziehen (o,o) to cover
der Bezirk, -e district
bevor before
das Bier, -e beer
die Bierbrauerei, -en brewery
das Biest, -er beast
billig cheap
die Binde, —n bandage
bis until
ein bißchen a bit, a little
bitte please
bitten (a,e) to ask for
bitter bitter
bitte schön you are welcome
blau blue
das Blaulicht, -er blue light, flashing light
bleiben (ie,ie) to stay
blendend splendid, dazzling
blond blond
die Blondine, -n blonde
die Blume, -n flower
blutig bloody
der Boden, ⁻ ground
die Bombe, -n bomb
bombensicher bombproof
das Bord, -e board, shelf
böse mad, angry
der Botschafter, — ambassador
brauchen to need
braun brown
das Brautpaar, -e engaged couple
brechen (a,o) to break
die Bremse, -n brake
brennen (a,a) to burn
der Brief, -e letter
der Briefkasten, ⁻ mailbox

die Briefmarke, -n stamp
bringen (a,a) to bring
das Brot, -e bread
die Brücke, -n bridge
buchen to book
die Bundesbahn Federal Railway
der Bunsenbrenner, — Bunsen burner
das Büro, -s office

C

die Chance, -n chance
der Charm charm
charmant charming
der Chef, -s boss
die Chemie chemistry
das Chemiebuch, ⁻er chemistry book
der Chemiker, — chemist
chemisch chemical
der Clown, -s clown
der Cowboy, -s cowboy
die Creme, -s cream, lotion

D

da there
dabei near by
dabeisein, -war, -gewesen to be there, be present
dahin there, until then
damals at that time
die Dame, -n lady
damit with it, thereby
der Dampfer, — steamboat, steamer
danach after that
der Dank thanks
danke thank you
danken to thank
dann then
daran on it, at it
darauf on it
darüber above it, about it
das the
daß that
dauern to take, last
dauernd permanent
der Daumen, — thumb
davon of that
davonkommen (a,o) to get off, get away
dazu to it
die Decke, -n cover
dein your
die Dekoration, -en decoration
denn for, because, than

denken (a,a) to think
der Depp, -en *Austrian dialect:* bonehead
der the
deshalb therefore
der Detektiv, -e detective
deutsch German
Deutschland Germany
dich you
dick fat, thick
die the
der Dieb, -e thief
der Diebstahl, ⁻e theft
der Dienstag, -e Tuesday
dienstlich official
dieser, diese, dieses this, this one
diesmal this time
diktieren to dictate
dir you
direkt direct
der Direktor, -en director
die Diskussion, -en discussion
doch though, however, yet
der Doktor, -en doctor
das Dokument, -e document
die Donaumonarchie, -n Danubian Monarchy
der Donnerstag, —e Thursday
das Dorf, ⁻er village
die Dose, -n box
drauf on it, at it
draußen outside
der Dreck dirt, stuff
dreckig dirty
drei three
dreißig thirty
dreizehn thirteen
dringend urgent
dritte, der the third
die Droge, -n drug
der Drogenhändler, — drug dealer, pusher
die Drohung, -en threat
drüben over there
der Druck, ⁻e pressure
drücken to press
du you *(familiar)*
dumm stupid, dumb
der Dummkopf, ⁻e bonehead, dumbbell
dunkel dark
das Dunkel dark, darkness
durch through
durchgeben (a,e) to transmit
durchsuchen to search
dürfen (u,u) to be permitted to, allowed to
Darf ich. . .? May I. . .?

E

eben even, precisely
echt real, genuine
eher sooner
die Ehre, -n honor
das Ehrenwort, -e word of honor
ehrlich honest
eifersüchtig jealous
eigen own
eigenartig peculiar
eigentlich actually
eilig urgent
einbrechen (a,o) to break in
der Einbrecher, — burglar
der Einbruch, ⁻e burglary
der Eindruck, ⁻e impression
    einen Eindruck machen to impress, make
    an impression
ein, eine a, an
einer someone, somebody
einfach simple
einfallen (ie,a) to remember
der Eingang, ⁻e entrance
eingebildet conceited
einholen to catch up with s.o.
einige several, some
einkaufen to shop
einladen (u,a) to invite
die Einladung, -en invitation
sich einleben to accustom oneself to
die Einleitung, -en introduction
einmal once
einpacken to pack up
eins one
einsam lonely
einhundert one hundred
einschalten to turn on
einschlafen (ie,a) to fall asleep
einschlagen (u,a) to break, smash
einschließen (o,o) to lock up
einsperren to lock up, jail
einstecken to put in (a pocket)
einsteigen (ie,ie) to get in
eintausend one thousand
einteilen to divide
eintragen (u,a) to register
der Einwohner, — inhabitant
die Einzelheit, -en detail
der Eisbecher, — icecream sundae
das Eisenrohr, -e iron tube
eisern iron, of iron
elegant elegant
die Eleganz elegance
elektrisch electric

elf eleven
elfte, der the eleventh
die Eltern *(pl.)* parents
das Ende end
endlich finally, at last
der Engel,– angel
sich entfernen to move away, depart
entkommen (a,o) to escape
sich entschließen (o,o) to decide, determine
sich entschuldigen to excuse oneself
die Entschuldigung, –en excuse, apology
enttäuschen to disappoint
entweder. . .oder either. . .or
der Entwerter, – ticket puncher, validator
entwickeln to develop
die Episode, -n episode
erbitten (a,e) to ask for
die Erde, -n earth, ground
erfahren (u,a) to learn, to hear
erfinden (a,u) to invent
der Erfolg, -e success
erfolgreich successful
sich erfreuen to enjoy
sich ergeben (a,e) to surrender
das Ergebnis, -se result
erhitzen to heat
die Erholung relaxation, recuperation
sich erinnern to remind, remember
erklären to explain
erleben to experience
erledigen to finish, settle, wind up
ernst serious
der Ernst seriousness
erraten (ie,a)to guess
erregen to excite
etwas erreichen to get results, achieve one's purpose
erschießen (o,o) to shoot, execute
erschrecken (a,o) to frighten
erst first
erstaunen to astonish
erste, der the first
erstens in the first place
erkennen (a,a) to recognize
erstklassig first-class
ertrinken (a,u) to drown
der Erwachsene, -n adult
erwarten to wait for
erwischen to catch
erzählen to tell
es it
essen, aß, gegessen to eat
das Essen food
etwa about
Europa Europe
existieren to exist
exklusiv exclusive
das Experiment, -e experiment

F

fähig capable
fahren (u,a) to drive
der Fahrer, – driver
die Fahrkarte, -n ticket
der Fahrkartenautomat, -en ticket vending
machine
die Fahrt, -en trip
die Fahrzeit, -en travel time, duration of trip
fair fair
der Fall, ⁀e case
fallen (ie,a) to fall
fallenlassen (ie,a) to drop, let fall
falsch false, wrong
fangen (i,a) to catch
die Farbe, -n color
der Farbstoff, -e dye
der Farbton, ⁀e color tone
der Farbwechsel, – change in color
fassen to catch
fast almost
faul lazy
die Faust, ⁀e fist
fehlen to be missing from
der Fehler, – mistake, error, fault
fein fine
feiern to celebrate
der Feind, -e enemy
das Feld, -er field
das Fenster, – window
fertig ready, finished
fertigmachen to finish, complete
fesseln to bind, tie up
fest solid
festhalten (ie,a) to hold tight
festnehmen (a,o) to arrest
feststellen to determine, find out
die Feststellung, -en observation, determination
die Figur, -en figure
der Film, -e film
die Filmdose, -n film cartridge
finden (a,u) to find
finster dark, obscure
die Firma, Firmen firm, company
der Fisch, -e fish
flach flat
die Flasche, -n bottle
das Fleisch meat
die Fleischbouillon broth
fliegen (o,o) to fly
fliehen (o,o) to run away, flee
die Flucht, -en escape, flight
der Flug, ⁀e flight
der Flughafen, –häfen airport
das Flughafengebäude, – airport terminal

die Flugkarte, -n airplane ticket
die Flugzeit, -en flight time
flüstern to whisper
folgen to follow
die Formalität, -en formality
die Formel, -n formula
förmlich formal
die Forschungsgruppe, -n research group
der Forst, -e forest
fotografieren to take a picture
die Fotokopie, -n photocopy
die Frage, -n question
fragen to ask
die Frau, -en Mrs., woman
die Frauenstimme, -n woman's voice
das Fräulein, — Miss, young lady
die Frechheit, -en insolence
frei free
freigeben (a,e) to release
freihaben to have time off
die Freiheitsberaubung, -en deprivation of liberty
freinehmen (a,o) to take time off
der Freitag, -e Friday
das Freizeichen, — clear signal
die Freude, -n pleasure, joy
sich freuen to be glad
der Freund, -e boy friend
die Freundin, -nen girl friend
die Freundschaft, -en friendship
frisch fresh
froh glad
fröhlich gay, cheerful, merry
früh early
früher sooner, earlier
fühlen to feel
führen to guide, lead
fünf five
fünfte, der the fifth
fünfzehn fifteen
fünfzig fifty
der Funk radio
das Funkgerät, -e radio set
für for
der Fuß, ⁻e foot
der Fußtritt, -e kick

G

gähnen to yawn
der Gangster, — gangster
ganz whole
gar nicht not at all
der Garten, ⁻ garden
das Gartentor, -e garden gate
der Gasherd, -e gas stove

die Gasse, -n narrow street, passage, lane
das Gästezimmer, — guest room
geben (a,e) to give, to exist
das Gebirge, — mountain range, mountains
geboren native, born
die Gebühr, -en charge, fee
der Gedanke, -n idea, thought
das Gedicht, -e poem
die Gefahr, -en danger
gefährlich dangerous
gefallen (ie,a) to please
das Gefängnis, -se prison
das Geflügel poultry
gegen towards, against
das Gegenteil, -e opposite
geheim secret
das Geheimnis, -se secret
der Geheimstempel, — secret stamp, secret seal
geheimnisvoll mysterious
gehen (i,a) to go
Wie geht's? How are you?
gehören to belong
der Geist, -er ghost
das Geld, -er money
die Geldrückgabe, -n coin return
das Geldstück, -e coin
die Gelegenheit, -en opportunity
der Gelehrte, -n scholar, learned man
gelten (a,o) to be valid
gemein mean
gemütlich comfortable, pleasant
genau exact
genug enough
das Gepäck baggage
gerade just, direct
das Geräusch, -e noise
das Gericht, -e court of law
der Gerichtssaal, -säle courtroom
die Gerichtsverhandlung, -en trial
gern with pleasure
geschehen (a,e) to happen
die Geschichte, -n history, story
der Geschmack, ⁻er taste
die Geschwindigkeit, -en speed
die Geschwindigkeitsüberschreitung, -en going
    over the speed limit
das Gesicht, -er face
das Gespenst, -er phantom, ghost
das Gespräch, -e conversation, discussion
gestern yesterday
das Gewissen conscience
gewöhnlich usual
der Giftmischer, — poisoner
das Gitter, — fence, iron bars, grid
glauben to believe
gleich equal, immediately
bis gleich see you later

gleichfalls also, likewise
das Glück luck, fortune
glücklich lucky, happy
glücklicherweise fortunately
der Glückwunsch, ⸚e congratulation
gnädig favorable
    gnädige Frau gracious madam
der Gott, ⸚er God
das Grab, ⸚er grave
der Grad, -e degree
die Grenze, -n border
die Grenzpolizei border police
der Grenzposten, — border guard
die Grenzstation, -en border station
der Grenzübergang, ⸚e border crossing
der Groschen, — German ten-penny piece
groß big, large
großartig great, excellent
die Größe, -n size
die Großmutter, ⸚ grandmother
die Großstadt, ⸚e major city
der Großvater, ⸚ grandfather
grün green
der Grund, ⸚e reason, ground
grünlich light green, greenish
der Gruß, ⸚e greeting
grüßen to greet
gucken to look
die Gulaschsuppe, -n goulash soup
der Gürtel, — belt
gut good

H

das Haar, -e hair
haben (hatte, gehabt) to have
halb half
die Halbzeit, -en break, half-time
die Hälfte, -n half
der Hals, ⸚e neck
halten to stop
die Haltestelle, -n stop
der Hammer, ⸚ hammer
hämmern to hammer
die Hand, ⸚e hand
die Handfessel, -n handcuff
die Handelsware, -n goods, commodity, merchandise
der Handschuhkasten, ⸚ glove compartment
die Handtasche, -n bag, purse
das Handtuch, ⸚er towel
der Harem, -s harem
hantieren to handle
die Haube, -n hood
die Hauptsache, -n main point

hauptsächlich principal, main
die Hauptstadt, ⸚e capital
das Haus, ⸚er house
zu Hause at home
der Hausmeister, — caretaker, janitor
die Hausnummer, -n street number
der Hausschlüssel, — door key
die Haustür, -en front door
das Heimweh homesickness
heimlich secret
heiraten to marry
heiß hot
heißen (ie,ei) to call, name
helfen (a,o) to help
hell light
her here
heraus out; out of
herausbringen (a,a) to bring out
herausfinden (a,u) to discover
die Herbstfarbe, -n fall color
hereinfallen (ie,a) to be tricked
hereinkommen (a,o) to come in
die Herfahrt, -en return trip
das Heroin heroin
der Herr, -en Mr., gentleman
die Herrschaften ladies and gentlemen
das Herz -en heart
herzlich sincere, hearty
hetzen to hurry, to hunt, chase
heute today
heutzutage nowadays
hier here
hierher over here
die Hilfe, -n help, assistance
der Himmel, — sky, heaven
hineinbringen (a,a) to bring in, take in
hingehen (i,a) to go to
hinter behind
hinterher after, afterwards
hoch high
die Hochzeitsreise, -n honeymoon
hoffentlich I hope
höhnisch sarcastic
die Holzlatte, -n wooden panel, board
die Holzmöbel (pl.) wooden furniture
hörbar audible
horchen to listen
hören to hear
der Hörer, — receiver
hübsch pretty
das Huhn, ⸚er chicken
humorvoll funny, humorous
hundert hundred
der Hunger hunger
hungrig hungry
husten to cough

I

ich I
die Idee, -n idea
ihn, ihm him
ihnen them
Ihnen you *(polite)*
ihre their
illegal illegal
im (in dem) in the
imitieren to imitate
immer always, ever
in in
die Industrie, -n industry
der Industriespion, -e industrial spy
die Industriespionage, -n industrial espionage
die Information, -en information
der Inhalt, -e content
innen inside
die Innenstadt, ⁻e center of a city, downtown
das Innere interior
die Inspiration, -en inspiration
intelligent intelligent
interessant interesting
das Interesse, -n interest
interviewen to interview
irgendein anyone, someone
irgendetwas anything, something
irgendwie somehow
irgendwelche any
irgendwo some place, somewhere
sich irren to make a mistake, err

J

ja yes
die Jacke, -n jacket
die Jagd, -en hunt
das Jahr, -e year
der Jahrgang, ⁻e vintage, age group
das Jahrhundert, -e century
die Jause, -n *Austrian dialect:* party
jeder, jede, jedes each, every, any
jedenfalls in any case, at any rate
jedesmal every time
jetzt now
der Job, -s job
der Journalismus journalism
der Journalist, -en journalist
jung young
der Junge, -n boy
der Junggeselle, -n bachelor

K

der Kaffee coffee
der Käfig, -e cage
der Kaiser, — emperor
die Kalbshaxe, -n shank of veal
kalkulieren to calculate
kalt cold
kaltmachen to kill
die Kamera, -s camera
die Kanone, -n gun, cannon
die Kantine, -n cafeteria
das Kapitalverbrechen capital crime
die Karriere, -n career
die Karte, -n map, ticket
die Kartoffel, -n potato
der Karton, -s box
das Karussel, -s carousel
die Kasse, -n cash register
der Kassenzettel, — sales slip
der Kasten, ⁻ box
die Katze, -n cat
kaufen to buy
kaum hardly
der Kavalier, -e gentleman
kein no
der Keller, — basement, cellar
das Kellerfenster, — basement window
der Kellner, — waiter
kennen (a,a) to know
kennenlernen to meet
das Kennzeichen, — mark, sign
der Kerl, -e fellow, guy
die Kerze, -n candle
kichern to giggle
die Kirche, -n church
die Kirsche, -n cherry
die Kiste, -n jalopy
klappern to rattle
klar clear
die Klasse, -n class
klassisch classical
klauen to steal, swipe
das Kleid, -er dress
klein little, small
das Kleingeld change
die Kleinigkeit, -en small thing, trifle
klicken to click
klingeln to ring
klingen to sound
der Kloß, ⁻e meatball, dumpling
klug clever, smart
knallen to crack, shoot
knarren to creak
knebeln to gag

der Knödel, — dumpling
knusprig crispy
der Kollege, -n colleague
komisch comic
das Komma, -s comma
kommen (a,o) to come
der Kommissar, -e inspector
die Komödie, -n comedy
komplett complete
das Kompliment, -e compliment
kompliziert complicated
das Kompott, -e sauce
die Konditorei, -en pastry shop
der Kondukteur, -e conductor, driver
die Konferenz, -en conference
der Konkurrent, -en competitor
die Konkurrenz, -en competition
können (o,o) to be able to, can
die Konsistenz, -en consistency
kontrollieren to control
kopieren to copy
der Kopf, ⁻e head
die Korrespondenz, -en correspondence
die Kosmetik cosmetic
die Kosmetikfirma -firmen cosmetic firm
kosmetisch cosmetics
kosten to cost
der Krach, ⁻e noise
krachen to crack, crash
der Kram stuff
krank sick
das Krankenhaus, ⁻er hospital
die Krankenkasse, -n health insurance
kriegen to get
der Kriminalroman, -e detective story
die Küche, -n kitchen
der Kuchen, — cake
der Kugelschreiber, — ball-point pen
kühl chilly, cool
das Kunststück, -e stunt, feat, trick
kurz short

L

das Labor, -s laboratory
das Laboratorium, -ien laboratory
lachen to laugh
der Laden, ⁻ store, shop
das Land, ⁻er land
landen to land
die Landschaft, -en landscape, scenery
lang long
langsam slow
längst long ago
lassen (ie,a) to let, allow

die Latte, -n panel, board
laufen (ie,au) to run, walk
laut loud
der Lautsprecher, — loudspeaker
das Leben life
die Leber liver
der Ledergürtel, — leather belt
leer empty
legen to place, put
die Leiche, -n corpse, (dead) body
leid painful, disagreeable
Es tut mir leid. I am sorry.
leiden to like, suffer
leider unfortunately
leise low
die Leitung, -en management
lernen to learn
lesen (a,e) to read
die Leserin, -nen reader
letzte last
die Leute (pl.) people
das Licht, -er light
die Lichthupe, -n light signal
der Lichtschalter, — switch
der Lidschatten, — eye shadow
lieb dear
die Liebe love
lieber to love
der Liebesbrief, -e love letter
die Liebesgeschichte, -n love story
der Liebeskummer lover's grief
die Lieblingsstadt, ⁻e favorite city
das Lied, -er song
liegen (a,e) to be located
die Linie, -n line, figure
links on the left
die Lippe, -n lip
der Lippenstift, -e lipstick
das Liter liter (1 liter = 0.264 gallon)
die Literatur, -en literature
das Loch, ⁻er hole
der Löffel, — spoon
löffelweise by spoonfuls
sich lohnen to be worthwhile
das Lokal, -e restaurant
der Lokalpatriot, -en local patriot
der Lokalpatriotismus local patriotism
los loose
Was ist los? What's the matter?
lösen to loosen, solve
losfahren (u,a) to depart
loslassen (ie,a) to release
die Lösung, -en solution
die Luft, ⁻e air
die Luftmatratze, -n air mattress
die Lust, ⁻e pleasure
lustigmachen to make fun of

M

machen to make
mächtig powerful, mighty
das Mädchen, — girl
der Magen, ⁻ stomach
der Magier, -e magician
die Mahlzeit, -en meal
mal times
man one, you
manchmal sometimes
die Manier, -en manner
der Mann, ⁻er man
männlich masculine
der Mantel, ⁻ coat
die Mappe, -n file, folder, briefcase
die Margarine, -n margarine
die Mark, -en mark (German money)
das Markstück, -e mark coin
der Markt, ⁻e market
das Martinshorn, ⁻er megaphone
die Maschine -n machine
die Masse, -n mass
das Material, -ien material
materialistisch materialistic
meckern to grumble, gripe
die Medizin medicine
das Megaphon, -e megaphone
mehr more
mehrmals several times
mein my
meinen to think
meinetwegen I don't care
meistens mostly
melden to announce, notify
die Meldung, -en message, notification
die Melodie, -n melody
der Mensch, -en human being, man
das Menschengewimmel crowd of people
der Menschenraub, -e kidnapping
der Mercedes Mercedes (German car)
merken to notice, remember
die Metallablage, -n metal place of deposit
metallisch metallic
der Meter, — meter (1 meter = 1.094 yards)
die Methode, -n method
mich me
der Mikrofilm, -e microfilm
das Mikrofon, -e microphone
die Milch milk
der Millionär, -e millionaire
die Million, -en million
mindestens at least
die Minute, -n minute
mir me

die Mischung, -en mixture
die Mission, -en mission, duty
das Mißverständnis, -se misunderstanding
mißverstehen (a,a) to misunderstand
mit with
mitfahren (u,a) to ride along
mitfühlen to sympathize with
mitgehen (i,a) to go along with
mithelfen (a,o) to assist
mithören to listen in, overhear
mitkommen (a,o) to come along
mitnehmen (a,o) to take along
der Mittag, -e noon
die Mittagspause, -n lunch hour
die Mitte, -n middle
die Mittelwelle A.M. standard wave (radio)
die Mitternacht, ⁻e midnight
der Mittwoch, -e Wednesday
mixen to mix
modern modern
mögen (o,o) to like
möglich possible
die Möglichkeit, -en possibility
der Moment, -e moment
der Mondschein moonlight
der Mondsee lake in Austria
das Monogramm, -e monogram
der Montag, -e Monday
der Mord, -e murder
der Mörder, — murderer
der Morgen, — morning
der Mostrich mustard (Bavarian dialect)
müde tired
München Munich
der Mund, ⁻er mouth
die Münze, -n coin
der Münzfernsprecher, — pay telephone
murmeln to murmur
das Murmeltier, -e woodchuck
das Museum, -seen museum
die Musik music
müssen (u,u) to have to, must
mysteriös mysterious

N

na! well!
nach past, after, towards
der Nachbar, -n neighbor
nachdenken (a,a) to think about
der Nachmittag, -e afternoon
nachprüfen to check, inspect
die Nachricht, -en message
nachsehen (a,e) to check, look after
nächste next

die Nacht, ¨-e night
der Nachtclub, -s nightclub
der Nachtisch dessert
    näheres (further) details
    naiv naive, ingenuous
der Name, -n name
    nämlich of course, namely
die Nation, -en nation
    natürlich certainly, naturally
das Nebenzimmer, — next room, adjoining room
    nehmen (a,o) to take
    nein no
    nennen (a,a) to call, name
    nervös nervous
der Nerv, -en nerve
    nett nice
    neu new
    neugierig curious
    neun nine
    neunte, der the ninth
    neutral neutral
    nicht not
        nicht war? isn't it?
    nie never
    niemand no one
der Nieselregen drizzle
die Nische, -n niche
    noch still
    nochmal once more
der Nordosten northeast
    normal normal
das Normalbenzin regular gas
die Notlage, -n distress
    null zero
die Nummer, -n number
das Nummernschild, -er license plate
    nun now
    nur only

O

    ob whether, if
    oben above
der Ober, — waiter
das Obst fruit
    oder or
    offen open
    öffentlich public
    offiziell official
    öffnen to open
    ohne without
das Öl, -e oil
    optimistisch optimistic
die Ordnung, -en order
    Österreich Austria

Österreicher, — Austrian
österreichisch Austrian
ostwärts eastwards

P

    paar couple
    packen to pack
das Paket, -e package
der Palast, ¨-e palace
der Panzerschrank, ¨-e safe
das Papier, -e paper
das Papiergeraschel paper rustling
das Parfüm, -s perfume
der Park, -s park
    parken to park
der Parkplatz, ¨-e parking place
der Paß, ¨-sse passport, pass
    passen to go well with, fit
    passend right, suitable
    passieren to happen
die Paßkontrolle, -n passport inspection
die Paste, -n paste
    patriotisch patriotic
die Pause, -n break, pause
die Person, -en person
die Personalakte, -n personnel file
der Personalausweis, -e identification card
    persönlich personal
    pfeifen (i,i) to whistle
der Pfennig, -e penny
    phantastisch phantastic
der Pickel, — pimple
der Pinsel, — brush
die Pistole, -n pistol
der Plan, ¨-e plan
    planen to plan, project
der Platz, ¨-e place
    pleite bankrupt
    plötzlich suddenly
    plus plus
die Polizei police
der Polizist, -en policeman
die Polizeistation, -en police station
    positiv positive
die Post post
das Postamt, ¨-er post office
    praktisch need, practical
der Prater amusement center in Vienna
die Praxis, -xen practice, experience
der Preis, -e price
die Presse, -n press
die Pressekonferenz, -en press conference
    prima first class, great, A1
das Prinzip, -ien principle

privat private
das Privatleben private life
probieren to try
das Problem, -e problem
das Produkt, -e product
produzieren to produce
das Programm, -e program
das Projekt, -e project
Prost! to your health, cheers!
prüfen to examine
die Prüfung, -en test, exam
prügeln to fight, beat (up)
das Puder, -e powder
pudern to powder
die Pumpe, -n pump
der Punkt, -e point
pünktlich on time

Q

die Qualität, -en quality
die Qualitätskontrolle, -n quality control
der Quatsch nonsense
quatschen to talk nonsense

R

das Radio, -s radio
der Rat, -e advice
das Rathaus, -er city hall, town hall
rauchen to smoke
der Raum, -e room
raus out
rausholen to take out, get out
der Rausschmeißer, — bouncer
rausziehen (o,o) to pull out
rauswerfen (a,o) to throw out
rechnen to calculate
die Rechnung, -en bill, check
recht right, correct
    Es ist mir recht. It's all right with me.
rechts on the right
sich recken to stretch
die Rede, -n speech, address
reden to talk
regeln to arrange
die Regierung, -en government
reich rich
reichen to pass, to do
der Reifendruck tire pressure
das Reifenquietschen squealing of tires
die Reihe, -n row, rank
rein pure
die Reise, -n voyage, trip

das Reisebüro, -s travel agency
das Reisefieber travel fever
der Reiseführer, — travel guide
reisen to travel
der Reisepaß, -sse passport
die Reisetasche, -n travel bag
die Reklame, -n advertising, ad
rennen (a,a) to run
der Reporter, — reporter
reservieren to make a reservation, reserve,
    book
der Rest, -e rest, remainder
das Restaurant, -s restaurant
restlich left over, remaining
das Resultat, -e result
retten to save
die Revolution, -en revolution
revolutionär revolutionary
der Revolver, — revolver
das Rezept, -e recipe, formula
der Richter, — judge
richtig correct
die Richtung, -en direction
riesig huge
der Ring, -e ring
das Risiko, -s risk
riskieren to risk
der Romantiker, — romanticist
romantisch romantic
die Rose, -n rose
rot red
der Rücken, — back
der Rückspiegel, — rear-view mirror
die Rückseite, -n back
rufen to call
ruinieren to ruin
runter down

S

die Sache, -n affair, thing
die Sachertorte, -n *Austrian cake*
der Sack, -e sack, bag
der Safe, -s safe
saftig juicy
die Säge, -n saw
sägen to saw
sagen to say
die Sammlung, -en collection
sanft soft, delicate
die Sängerin, -en singer
sarkastisch sarcastic
satt full
der Satz, -e sentence, jump
sauer sour

das **Sauerkraut** sauerkraut *(German specialty)*
die **Schachtel**, -n box
das **Schaf**, -e sheep
    schaffen to be busy, succeed, make (it)
    schallen to resound
der **Schalter**, — ticket window, counter; post
    office window
    scharf sharp, shrewd
der **Schatten**, — shadow
    schätzen to estimate
    schauen to look
der **Schein**, -e shine, light
    scheinbar seemingly, apparently
    scheinen (ie,ie) to shine, to seem
der **Scherz**, -e joke
    scherzen to joke
    scheu timid, shy
    schicken to send
das **Schicksal**, -e fate, destiny
    schießen (o,o) to shoot
das **Schild**, -er sign, plate, shield
der **Schilling**, -e schilling *(Austrian money)*
    schlafen (ie,a) to sleep
der **Schlag**, ⁻ e blow
    schlagartig sudden, prompt
die **Schlagsahne** whipped cream
die **Schlagzeile**, -n headline
    schlank slim
    schlau clever, sly
    schlecht bad
    schließen (o,o) to close
    schließlich finally
der **Schlitz**, -e cleft, rift, crack
das **Schloß**, ⁻ sser castle
der **Schloßpark**, -s palace garden
    schluchzen to sob
der **Schluß**, ⁻ sse end, conclusion
der **Schlüssel**, — key
    schmal narrow
    schmecken to taste
der **Schmerz**, –en pain
    schmerzlos painless
    schmuggeln to smuggle
das **Schneckentempo**, -s snail's pace
    schnell fast
    schon already
    schön beautiful
die **Schönheit**, -en beauty
der **Schrecken** fright
    schrecklich terrible
der **Schrei**, -e cry
    schreiben (ie,ie) to write
die **Schreiberei**, -en writing
die **Schreibmaschine**, -n typewriter
der **Schreibtisch**, -e desk
    schreien (ie,i) to scream

die **Schrift**, -en writing
der **Schritt**, -e step
der **Schuft**, -e scoundrel, bastard
    schuldig guilty
die **Schule**, -n school
der **Schulfreund**, -e school friend
die **Schulter**, -n shoulder
der **Schuß**, ⁻ sse shot
    schütteln to shake
    schwarz black
der **Schwarzwald** Black Forest
    schweigen (ie,ie) to be quiet, be silent
die **Schweinshaxe**, -n shank of pork
    schwer heavy
    schwierig difficult
    sechs six
    sechste, der the sixth
    sechzehn sixteen
    sechzehnte, der the sixteenth
    sechzig sixty
der **See**, -n lake
    sehen (a,e) to see
    sehr very
    sein (war, gewesen) to be
    sein his
    seinetwegen because of him
    seit since
die **Seite**, -n side, page
das **Sekretariat**, -e secretariat, main office
die **Sekretärin**, -nen secretary
    selber self
    selbst personally
    selbstverständlich of course
der **Sender**, — sender
der **Senf** mustard
die **Sensation**, -en sensation
    sentimental sentimental
die **Sentimentalität**, -en sentimentality
    separat separate
die **Serie**, -n series
    setzen to place, sit down
    seufzen to groan, moan, sigh
    servus! *Austrian for:* Hello! or Good-by!
die **Sexbombe**, -n sex bomb
    sicher sure, safe
die **Sicherheit**, -en security
    sicherlich certainly
    sie she, they
    Sie you *(polite)*
    sieben seven
    siebte, der the seventh
    siebzehn seventeen
    siebzehnte, der the seventeenth
    siebzig seventy
    singen (a,u) to sing
der **Sinn**, -e sense

der Sitz, -e seat
die Sitzreihe, -n row
so so, such
sobald as soon as
sofort immediately
sogar even
sogenannt so-called
sollen to be supposed to, should
der Sommer, — summer
die Sommernacht, ⁻e summer night
sondern but (on the contrary)
die Sonne, -n sun
der Sonnenschein sunshine
sonst otherwise
der Sonntag, -e Sunday
die Sorge, -n sorrow
der Spalt, -en cleft, crack
die Spannung, -en excitement, tension
sparen to save
der Spaß, ⁻e fun
spät late
spätestens not later than
spazieren to take a walk
der Spaziergang, ⁻e walk
die Speisekarte, -n menu
der Spezialist, -en specialist
die Spezialität, -en specialty
das Spiel, -e game
spielen to play
die Spielerei, -en child's play
der Spion, -e spy
die Spionage, -n espionage
sportlich sporty
spotten to mock
spöttisch scornful, sarcastic
sprechen (a,o) to speak
der Sprecher, — speaker
springen (a,u) to jump
die Spukgeschichte, -n ghost story
der Staatsbürger, — citizen
die Stadt, ⁻e city, town
der Stadtbezirk, -e district of a city
das Stadtrecht, -e municipal law
stark strong
starren to stare
stecken to stick, put
stehen (a,a) to stand
stehenlassen (ie,a) to leave
stehlen (a,o) to steal
steif stiff
die Steinzeit Stone Age
stellen to put, place
stemmen to lift, prop up
stempeln to stamp
die Steuer, -n tax
der Stil, -e style

still calm, quiet
die Stimme, -n voice
stimmen to be in order, be correct
die Stimmung, -en atmosphere
der Stock, ⁻e (Stockwerke) stick, floor
stoppen to stop
stören to bother, disturb
stottern to stutter
die Straße, -n street
die Straßenbahn, -en streetcar
die Straßenbahnklingel, -n streetcar bell
die Straßenkarte, -n road map
der Strauß, ⁻e bouquet, bunch
die Strecke, -n distance, stretch
das Streichholz, ⁻er match
die Streichholzschachtel, -n matchbox
der Streifenwagen, — squad car
streng strict, severe
das Stück, -e piece
der Student, -en student
studieren to study
das Studienmaterial, -ien study material
die Stufe, -n step
der Stuhl, ⁻e chair
die Stunde, -n hour
stürzen to fall down, tumble
Südamerika South America
süddeutsch South German
südost southeast
summen to hum, buzz
die Suppe, -n soup
der Suppenlöffel, — soupspoon
süß sweet

T

der Tag, -e day
Guten Tag! Hello! How do you do!
das Tagebuch, ⁻er diary
das Tageslicht daylight
tagsüber during the day
tanken to fill up
die Tankstelle, -n gas station
der Tankwart, -e service station attendant
tanzen to dance
die Tänzerin, -nen dancer
die Tasche, -n pocket, purse
die Taschenkamera, -s pocket camera
die Tasse, -n cup
tasten to touch, to feel blindly
die Tatsache, -n fact
taub deaf
tausend thousand
das Taxi, -s taxi
der Taxifahrer, — taxi driver

der Taxistand, ⁻e taxi stand
technisch technical
der Teil, -e part
das Telefon, -e telephone
der Telefonanruf, -e phone call
das Telefongespräch, -e telephone conversation
telefonieren to phone, call
die Telefonstimme, -n telephone voice
die Telefonzelle, -n telephone booth
das Telegramm, -e telegram
die Temperatur, -en temperature
der Terminkalender, — memo book, calendar
der Teufel, — devil
der Text, -e text
die Theorie, -n theory
die Thermosflasche, -n thermos bottle
tief deep
tippen to type
der Tisch, -e table
der Titel, — title
tot dead
der Ton, ⁻e tone
der Topf, ⁻e pot
das Tor, -e gate
der Tote, -n dead person
das Touristenbüro, -s tourist agency
die Touristenklasse, -n tourist class
die Träne, -n tear
trauen to trust
der Traum, ⁻e dream
träumen to dream
traurig sad
treiben (ie,ie) to practice
die Treppe, -n stairway
treten (a,e) to kick, step
der Trick, -s trick
trinken (a,u) to drink
der Triumpf, ⁻e triumph
triumphieren to triumph
trotzig obstinate, defiant
der Trumpf, ⁻e trump
tun (tat, getan) to do
die Tür, -en door
der Turm, ⁻e tower
der Typ, -en type

U

die U-Bahn, -en subway
übelnehmen (a,o) to be offended at
überfahren (u,a) to pass over, run over s.o.
überfliegen (o,o) to fly over, look over
überhaupt generally (speaking), on the whole
überholen to pass, overtake
das Überholverbot, -e no passing

überlassen (ie,a) to leave (a thing) up to s.o.
überlegen to think over
übernachten to stay over night
überpünktlich early, overpunctual
überraschen to surprise
die Überraschung, -en surprise
überreden to persuade
übertreiben (ie,ie) to exaggerate
übrigens besides, by the way
die Uhr, -en clock, watch
um about, around
umbringen (a,a) to kill
die Umkleidekabine, -n dressing room
das Umkleidezimmer, — dressing room
der Umriß, -sse silhouette, outline
der Umschlag, ⁻e envelope
der Umweg, -e detour
unbedingt absolute, for sure
unbescheiden immodest, presumptuous
und and
unfair unfair
der Unfall, ⁻e accident
ungeduldig impatient
ungefähr about, approximately
ungefährlich not dangerous, harmless
ungeheuer huge, immense
unglaublich incredible
ungewöhnlich unusual
unheimlich weird, tremendous, awfully
die Uniform, -en uniform
die Universität, -en university
uninteressiert uninterested
unmöglich impossible
unruhig worried, turbulent, restless
uns us
unser our
der Unsinn nonsense
unten downstairs, below
unter under, below
unterbrechen (a,o) to interrupt
unterhalten (ie,a) to talk to
die Unterlage, -n document
unternehmen (a,o) to do, undertake
der Unterschied, -e difference
unterschreiben (ie,ie) to sign
die Unterschrift, -en signature
untersuchen to examine
untertauchen to disappear
der Urlaub, -e vacation
die Urlaubsreise, -n vacation trip

V

die Vase, -n vase
vegetarisch vegetarian

die Verabredung, -en appointment
verarbeiten to make, manufacture
der Verband, ⁻e dressing, bandage
verbieten (o,o) to forbid, prohibit
verbinden (a,u) to connect, combine
der Verbrecher, — criminal
verdecken to cover
verderben (a,o) to spoil, ruin
verdienen to earn, merit
vereinen to join, unite
verfaulen to rot
verfolgen to pursue, trail, follow
vergeben (a,e) to forgive
vergessen (a,e) to forget
vergittern to grate, bar *(with metal grill)*
verhaften to arrest
verhindern to prevent
verkaufen to sell
der Verkehr traffic
verlangen to demand, require
verlegen to misplace, transfer
verlegen sein to be confused, embarrassed
verletzen to hurt
verlieben to fall in love
verlieren (o,o) to lose
verloben to become engaged
die Verlobung, -en engagement
vermindern to reduce
vernichten to destroy
vernünftig reasonable, sensible
verpassen to miss
verraten (ie,a) to betray, disclose, tell
verroten to rot
verrückt crazy
der Verrückte, -n crazy man, madman
verschieden different
verschwinden (a,u) to disappear
die Versetzung, -en promotion
versprechen (a,o) to promise
das Versteck, -e hide-out, hiding place
verstehen (a,a) to understand
versuchen to try
vertreten (a,e) to replace, represent
verzollen to declare
die Verzweiflung, -en desperation
viel much, a lot
Vielen Dank! Thanks a lot!
vielleicht perhaps
vier four
vierte, der the fourth
das Viertel, — quarter
viertens fourthly
vierzehn fourteen
vierzehnte, der the fourteenth
die Villa, -s villa
die Visitenkarte, -n calling card, business card

der Vogel, ⁻ bird
die Volksmusik folkmusic
der Volkswagen, — Volkswagen *(German car)*
voll full
volltanken to fill up
von from, of
vor before, ago, in front of
vorbei over
vorbeifahren (u,a) to pass, drive past
vorhaben to intend, plan
das Vorhängeschloß, ⁻sser padlock
vorhin before
vorig last, former
vorkommen (a,o) to occur
vorne in front
vornehm elegant, exclusive
der Vorort, -e suburb
vorüber over
der Vorschlag, ⁻e proposition, suggestion
vorsichtig careful
die Vorspeise, -n appetizer
vorstellen to present, imagine
Darf ich vorstellen? May I introduce?
das Vorurteil, -e prejudice
die Vorwahl, -en area code
vorwärts forward
das Vorzimmer, — foyer

W

wach awake
der Wachtmeister, — sergeant
die Waffe, -n weapon, arm
der Waffenbesitz, -e possession of arms
der Wagen, — car
wählen to dial, choose, elect
das Wählgeräusch, -e dialing noise
das Wählzeichen, — dial tone
wahnsinnig crazy, insane
wahr true
wahrhaftig really
die Wahrheit, -en truth
wahrscheinlich probable
der Wald, ⁻er forest
der Waldrand, ⁻er edge of the forest
der Walzer, — waltz
die Wand, ⁻e wall
wann when
warm warm
warten to wait
warum why
was what
die Wäsche laundry, linen
das Wasser water
wechseln to change

wecken to wake
weg away, off
der Weg, -e way, trail
wegfahren (u,a) to drive away
weglaufen (ie, au) to run away
wegwerfen (a,o) to throw away
wehleidig plaintive, tearful
wehtun to hurt
Weihnachten Christmas
weil because
die Weile while, (space of) time
der Wein, -e wine
weinen to cry
die Weinkarte, -n wine list
das Weinrestaurant, -s wine restaurant
die Weise, -n manner, fashion
weiß white
der Weißwein, -e white wine
weit far, large
weiterfahren (u,a) to continue driving
welcher, welche, welches which, what
die Welt, -en world
wem to whom
wenig little
wenigstens at least
wenn when
wer who
werden (u,o) to become
werfen (a,o) to throw
wert worth
das Wetter weather
wichtig important
widerstehen (a,a) to resist
wie how, like
wieder again
Auf Wiederhören! Good-by! (on the telephone)
wiederkommen (a,o) to come back
wiedersehen (a,e) to see again
Wien Vienna
die Wiese, -n meadow
wieso why
wieviel how much, how many
das Wildschwein, -e wild boar
willkommen welcome
der Wind, -e wind
wir we
wirklich really
wissen (u,u) to know
die Wissenschaft, -en science
der Wissenschaftler, — scientist
der Witz, -e joke
wo where
die Woche, -n week
das Wochenende, -n weekend
wohin where (to), wherever
wohl probably, well
Zum Wohl! To your health! Here is to you!

wohnen to live
die Wohnung, -en apartment
das Wohnzimmer, — living room
die Wolle, -n wool
wollen to want
das Wort, ‥er word
wovon from which
das Wunder wonder
wunderbar wonderful
wundern to wonder
wunderschön wonderful
wünschen to wish
der Würfelzucker, — sugar lump
die Wut rage
wütend furious

Z

zahlen to pay
zählen to count
der Zahn, ‥e tooth
zauberhaft marvelous, magical
zaubern to do magic
zehn ten
zehnte, der the tenth
das Zeichen, — sign, signal
zeigen to show
die Zeit, -en time
der Zeitdruck time pressure
zeitig early, on time
die Zeitung, -en newspaper
der Zeitungsreporter, — newspaper reporter
die Zelle, -n cell, (telephone) booth
Zeller Schwarze Katz German wine
der Zentimeter, — centimeter (1 centimeter = 0.394 inch)
das Zimmer, — room
der Zirkus, -se circus
die Zithermusik zither music
der Zitherspieler, — zither player
zögern to hesitate
der Zoll, ‥e custom, duty
die Zollabfertigung, -en customs clearance
der Zollbeamte, -n customs official
die Zone, -n zone
der Zorn anger, rage
zornig angry, furious
zu at, to
zuerst at first
der Zug, ‥e train
zugeben (a,e) to give into, admit
zum (zu dem) at the, to the
zumachen to close
zumindest at least
zunächst to begin with
zurück back
zurückbleiben (ie,ie) to stay back